青空娘

源氏鶏太

筑摩書房

目次

青空娘

岡の上の青空 7
私は女中なのだ 24
有子の日記 43
母の写真 62
平手打ち 81
チョコレート 100
半日の幸せ 119

靴を売る 138
星だけが 158
正当防衛 177
有子の日記 (二) 197
再出発 216
自分の部屋 236
父と娘 256
人さまざま 276
重大発言 295
母と娘と 314

解説 山内マリコ 334

青空娘

岡の上の青空

一

小野有子は、その岡の上にのぼることが、大好きだった。嬉しいときも、悲しいときも、その岡にのぼってみる癖が、いつからともなく、彼女についてしまっていた。いや、いつからともなく、といったのでは、嘘になる。有子は、それを自分で知っていた。

あれは、今から三年前、高等学校に入ってから間もなくであった。その日も、今日のように、突き抜けるような青空であった。その青空に向って、有子は、
「お母さーん。あたしのお母さん。有子のお母さーん。」と、声をふりしぼるように叫んだのである。

しかし、青空は、なんとも、答えてくれなかった。そして、彼女は、東京の母ではない、別の母の面影を空想で描いて、気がつくと、頰を濡らしていたのである。

海抜六、七十メートルぐらいの岡なのだが、そこへのぼると、なんでも、一望のもとに見える。しかし、有子がこの岡が気にいっている最大の理由は、青空に近くなる、ということであったかも知れない。

有子は、空を見上げることが好きだった。殊に、青空を見上げていると、なんともいえないような力強さを覚えるのだ。あんな青空のような娘になりたい、と思う。たとえ、曇っている空を見上げても、彼女は、その空の彼方に、青空のあることを信じて疑わぬ娘になりたい、と努《つと》めていた。青空には、いつも太陽がかがやいている。今にして思えば、それは三年前に、この岡にのぼって、有子のお母さーん、と叫んだその日からの彼女の悲願のようなものであったろうか。

しかし、有子は、この岡とも、今日限りで、別れなければならないのである。

彼女は、しみじみと、眺めていた。あそこが学校、本町通り、停車場、その停車場の向うに、五月の陽光にきらめく瀬戸内海が見えていた。いくつもの島が、重なり合うように見えていた。

有子の視線は、最後に、自分の家の屋根に釘付けになった。大きな桜の木があるので、すぐ、見当がつくのである。有子は、その桜の木の下で、赤もうせんを敷いて、おじいさんと、おばあさんと三人で、お花見をしたことを思いだした。わざわざ、お弁当をつくって、満開の花を眺めながら、それを食べたのであった。どんなに愉しかったことか……。

しかし、そのおばあさんは、この一月に亡くなってしまった。もし、おばあさんさえ、今も元気でいてくれたら、有子も、あるいは、東京の家へ行かなくてすんだかも知れないのである。

おばあさんが亡くなってから、おじいさんは、すっかり、おとろえてしまった。それも、有子が、東京へ行かなければならなくなった、一つの原因でもあったのである。有子がちょうど、この町の高校を卒業した、ということも、東京行を決定する理由にもなった……。

有子は、今は名残《なごり》の青空を見上げるように、岡いちめんに生えている若草の上に、仰向けになった。両掌《て》を組んで、頭の下に置いた。気も遠くなるような空の青である。あたりには、誰もいない。かすかに、街の騒音が、下の方からつたわってくるようだが、そのほかには、なんの物音も聞えなかった……。

二

有子の東京の家には、兄の正治、姉の照子、そして、もう一人、弟の弘志の三人が、両親といっしょに暮していた。

有子は、三年前まで、何故、自分だけが、この町で、両親とはなれて、祖父母と暮さなければならないのか、知らなかった。

もっとも、そのことは、おばあさんが、

「有子は、身体が弱かったから、東京のような空気の悪いところでは、育たぬ心配があったので、生まれるとすぐ、こっちへ引き取ったのだよ。」と、いっていた。

しかし、生まれた当座は、あるいは、弱かったかも知れないが、有子は、自分で覚えている限りでは、実に、健康であった。陸上競技の選手であったし、殆んど、病気をしなかった。

そのうちに、おばあさんは、

「今頃から、東京のお家へ行くより、いつまでも、おじいさんやおばあさんと、いっしょにいておくれ。そして、この町で、お嫁にいった方が、ずっと、幸せだよ。」と、いうようにもなった。

そんなとき、有子は、

「ええ、いいわ。あたし、一生、おじいさんとおばあさんと、いっしょに暮すわ。だって、あたし、おじいさんやおばあさんが、大好きなんですもの。」と、答えるようにしていた。

正直なところ、有子は、半年に一度ぐらいしかこぬ父、そして、一年に一度ぐらいしか姿を現わさぬ母のことを、殆んど、忘れて暮していることが多かった。なじめなかった、といってもよい。まして、東京の兄弟たちに対しては、いっそう、その感が深かったのである。

有子は、自分の覚えている限りでは、東京の両親の家へ行ったのは、中学三年のとき、修学旅行で東京へ寄った、そのとき、一度だけであった。

それは、びっくりするほど、大きな家であった。しかし、そこで、彼女が受けた印象は、かならずしも、いいとはいえなかった。父は、わざわざ、旅館まで、有子を迎えに来てくれたのだが、母の態度は、なんとなく、よそよそしかったし、兄弟の有子を見る眼つきも、ただ、物珍しそうだった。彼女は、やはり、はなれていると、同じ肉親同志でも、このようになるものか、と思い、居辛くてならなかった。が、自分としては、せいいっぱい、明るく、無邪気に振舞ったつもりなのである。

しかし、あとで、東京の家で、どうして、あのように、よそよそしく扱われたか、有子にもわかったのだ。

有子が、高等学校へ入学して間もなく、おばあさんが、病気になった。毎日、高い熱が続き、有子は、一所懸命に介抱した。

ある夜の十二時過ぎに、おばあさんは、

「……町子さん。」と、寝言をいった。

しかし、それからすぐ、眼をさまして、枕許に坐っている有子に気がついて、

「ああ、まだ、起きていてくれたのかい。」

と、いってから、ちょっと、気になるように、聞いたのである。

「わたし、今、何かいわなかった？」

「ええ、おっしゃったわ。町子さん、とか聞えたけど。」

「町子さん……。やっぱり、そうかねえ。夢を見ていたもんだから。」

「町子さんて、誰？」

おばあさんは、黙って、天井を見ていた。それは、まるで、遠い昔を思い出すような眼差しであった。

「どうなさったの、おばあさん。」

おばあさんは、ゆっくり、有子の方を見た。しばらく、思い迷っている風であったが、やがて、決心がついたように、

「いつかは、わかることだから……。それに、わたしだって、いつまで、生きていられるかわからないし……。ねえ、有子、落ちついて聞いておくれ。」

「なんのことなの、おばあさん。」

「有子のお母さんのことだよ。」

「お母さんが、どうか、なさったの。」

「ねえ、有子。本当に、落ちついて聞くんだよ。」

そんな風に念を押されると、有子の胸に、かえって、不安がこみあげてくるのであった。

隣室で、おじいさんが、軽いイビキをかきながら寝ていた。柱時計の振子の音が、有子の耳に、急に、はっきり、聞えてきた。

「有子だって、もう、高校生なんだから、そろそろ、大人のことが、理解されると思うんだよ。」

「…………」

「東京のお母さんは、本当の有子のお母さんではないんだよ。」

「嘘よ、嘘よ、そんなこと。」

有子は、思わず、叫ぶようにいった。しかし、そう叫びながら、ふっと、去年、東京の家へ寄ったとき、誰も彼もが、あまりにも、自分に対して、よそよそしかったことを、閃《ひら》めくように、思い出していたのである。

しかし、有子は、まだ、信じられなかった。けれども、同じ子供でありながら、自分だけが、おじいさんとおばあさんに育てられているこの不自然さが、何よりもの証拠かも知れないのである。有子は、その瞬間、天地が音を立てて崩れるような衝撃を受けたような気がした。

顔を真ッ青にしている有子を、おばあさんは、いたわるように眺めながら、

「そう思うのも無理ではないよ、可哀そうに。」

「だって、だって……。」

有子は、半泣きになっていた。

「でも、本当のことなんだよ、有子。」

「じゃア、あたしを産んでくださったお母さんは、今、どこにいらっしゃるの？」

「さアね……。戦争で、世の中が、すっかり、変ってしまったからね。」

おばあさんは、溜息をつくようにいった。

「生きているのか、死んでいるのかも、わからないの？」

「そうなんだよ。」

「あたし、そんなの嫌だわ。絶対に嫌だわ。」

「まア、お聞きね。有子のお母さんは、三村町子というひとだったんだよ。お父さんの会社の女事務員をしていたんだけどね。いいえ、みんな、お父さんが悪いんだよ。その頃、お父さんとお母さんの仲が、あんまりうまくいってなかったんで、そんなことになったんだろうが。」

そのうちに、父と町子とのことが母に知れて、大騒ぎになってしまったのである。ところが、そのとき、町子は、すでに妊娠していたのであった。父は、母と別れて、町子といっしょになろうか、とさえ思ったのだが、すでに、二人の子供があり、世間体ということを考えて、おじいさんとおばあさんが、町子を無理にこの町に連れて来て、有子を産ませたのであった。無論、すぐ、父と母の子ということにして、籍をいれた。

町子は、傷心をいだいて、東京へ去った。一生、有子の前へ、その有子の幸せのために、母親としては、姿を現わさぬ、という条件で、おばあさんから、ある程度の金を渡されたのである。町子は、辞退した。泣いて辞退したのだが、おばあさんは、やさしくいたわって、結局、その金を持たして帰らしたのである。

その後、町子は、結婚して、満洲へわたった。その旅立ちの前に、有子を抱くため、一度、この町へ来ているのだが、無論、有子の記憶にないことだった。

「じゃア、あたしの本当のお母さんは、こんどの戦争で、満洲から引揚げて来たかどうかも、わかりませんの？」

「そうだよ。今から思うと、可哀そうでね。だから、さっきも夢にみたんだが……。」

「お母さんて、どんなひとでしたの。」

「やさしいひとだったよ。そうだ、顔は、有子に、そっくりだった。」

「写真は、ありません？」

「ないんだよ。あるいは、お父さんが、一枚ぐらい、持っているかも知れないけど。」

「見たいわ。」

「でもね、有子、見ない方がいいよ。このことは、正治や照子なんかも、知っていることだから、いっそ、わたしの口から、本当のことを喋っておいた方がいい、と思ったんだけど、有子は、何も彼も忘れて、今まで通りに、東京のお母さんを、自分のお母さん、と思った方がいいんだよ。」

「そんなこと、無理だわ。」

「わかっている。だけど、やっぱりそう思っておくれ。その方が、有子の幸せになるよ。勿論、わたしが、生きている間は、どんなことがあっても、有子を不幸にしないつもりだけど……。」

有子が、この岡へくる癖がついたのは、その翌日からであったのである。

三

そのときのおばあさんの病気は、間もなく、癒ったのだが、今年の一月、肺炎を引起して、とうとう、亡くなってしまった。

おばあさんも、今度は、もうたすからぬ、と覚悟をしたのであろうか。死ぬ三日前に、

「おじいさん、有子のことを頼みますよ。」と、いったのである。

「これ、そんな気の弱いことで、どうするんだ。わしだって、まだまだ、お前に、長

生きをしてもらいたいんだよ。」

おじいさんは、わざと、叱りつけるようにいった。

「そう、わたしだって。でも、おじいさん、こんどは、ダメらしいですよ。」

そのあと、おばあさんは、

「有子。幸せになっておくれ。」

「おばあさん、早く、元気になって。」

「わたしの死んだあと、おじいさんの面倒をみてあげておくれ。それから、お父さんやお母さんに、可愛がられるんだよ。」

「はい……。」

「そしてね、有子。自分を大切にしておくれ。自分を大切にしない人間は、ひとも大切にできない。そういう人間は、決して、幸せになれないよ。」

おばあさんの臨終は、まことに安らかなものであった。ただ、その三時間ほど前に、

「……町子さん。」と、いったようであった。

それを聞いたのは、そのとき、枕許に坐っていた有子だけであった。おばあさんは、自分の本当の母のことを、こんなにも気にしてくれているのかと、有子は、胸を熱くした。しかし、その母は、果して、生きていてくれるかどうか、わからないのである。かりに、生きているとしても、その母にも別の子供があったりして、もう自分のこと

なんか、とうの昔に、忘れてしまっているかも知れないのだ。

おばあさんの臨終に、東京の父は、間に合ったが、母の方は、間に合わなかった。

葬式が終ってから、今後のおじいさんと有子のことが、問題になった。有子は、今のままで、この町にいたい、と主張した。母も、それに賛成した。

しかし、父は、反対した。七十八歳の老人を、十九歳の高校生にまかせておけるものでない、と主張したのである。おじいさんは、おばあさんに死なれて、すっかり、意気銷沈していた。この先、自信がないようだった。どっちかといえば、この際、自分たちを、東京の家へ、引き取ってもらいたがった。

父と母の間に口論があって、母が、

「では、どうぞ、ご随意に。」と、怒ったようにいい、そっぽを向いた。

結局、有子が、高校を卒業してから、ということにきまったのであった。有子は、気がすすまなかったけれども、父の言葉にしたがうより仕方がなかった。

「でも、東京にだって、青空があるんだわ。」

どんなに悲しいことがあっても、青空さえ見つめていたら、それに堪えていかれそうな気がしていた。

この岡の上から見る青空は、今日が最後なのである。有子は、そういう思いを込めて、青空を見上げていた。しかし、かえって、胸の中に、しんしんとした深い淋しさが、忍び寄ってくるような思いだった。

「おや、小野君じゃアないか。」

そんな声に、有子は、ハッと、半身を起した。

高校の図画の先生、二見桂吉が、笑顔で立っていた。

「まア、先生。」

有子は、顔をあからめた。

「どうしたんだ、こんなところで。」

「先生こそ、どうなさったの？」

「散歩さ。」

「あたしも。」

二見は、有子の横に腰を下した。煙草をふかしながら、

「君、東京へ行くんだって？」

「ええ。」

「近いうちに、僕も、東京へ行くかも知れない。」

「本当？」

「東京の友人の会社へ、こないかといわれてるんだよ。広告部へ入って、画を描かないか、というんだ。」

「先生が、東京へ来てくださると、あたし、心強いわ。」

「じゃア、行こうかな。」

二見は、笑いながらいった。

二見は、二十七歳で、まだ、独身なのである。さっぱりした性格で、生徒の間に、人気があった。二見は、しばらく考えるようにしていたが、

「よし、きめた。僕も、東京へ行く。」

「素敵だわ。」

「東京で会えるかも知れない。」

「そうよ。」

有子は、嬉しそうに、立ち上った。そのあと、浮き浮きした口調で、

「先生、下まで、競走しましょうか。」

「競走？」

「そうよ。あたし、絶対に、先生に負けなくってよ。」

「このお転婆め。よし、やろう。」と、二見も立ち上った。

やがて、二人は、岡のなだらかな傾斜を、一目散に駈け降りていった。

四

その頃、東京の青山の小野邸で、正治と照子と弘志の三人が、一室に集まっていた。今日は、日曜日なのだが、父は、昨日からゴルフに出かけ、母もまた午後から、おめかしをして、どこかへ出て行ったのである。あとは、子供たちの天下であった。父の栄一は、日興電機の重役であった。正治は二十八歳で、東亜海運に勤めていた。照子は、二十四歳で、洋裁とかお花を口実に、これまた、毎日のように出歩くことが好きなのだ。そして、弘志は、中学二年生であった。ほかに、女中が二人いた。

「ねえ、お兄さん。」と、照子がいった。

「なんだ。」

「あなた、山口里子さんと、結婚するつもり？」

「冗談じゃアない。あんな女、ただのガールフレンドさ。」

「本当に、ただのガールフレンドなの？」

「そうさ。」

「じゃア、金田茂子さんは？」

「おんなじさ。」

「お兄さんて、相当な色魔なのね。」

「なにをいってやがんだ。僕よりも、照子こそ、あの清水君と、どうなんだ。」

「あんなの、それこそ、ただのボーイフレンドよ。」

「では、大塚君は？」

「右に同じよ。」

「坂井君は？」

「問題外。」

「ふん、僕より、照子の方が、よっぽど、アプレじゃないか。」

「あら、どういたしまして。ただ、青春をたのしんでるだけよ。」

「そりゃアお互いさまさ。」

二人は、顔を見あわして、笑った。

「しかし、気をつけろよ。あの大塚君の方は、照子に夢中らしいからね。」

「要するに、有難迷惑なのよ。そのうち、きっぱり、引導をわたしてやるわ。」

「要領よくやるんだね。」

「ご忠告、恐れいります。それより、ご自分の方こそ。」

「心配するな。ところで、あさってから、いよいよ、あの田舎の黒ン坊が、このうちへくるそうじゃアないか。」

黒ん坊とは、有子のことであった。彼女が、四年前、修学旅行に来たとき、あまりにも、陽にやけて、真っ黒な顔をしていたので、兄と妹の間では、黒ン坊で通るようになっているのだ。

「そうなんですって。あたし、嫌ンなっちゃう。」

「そうだよ。」

「あたし、ママにいったのよ。どうして、今頃、あんな女を、家へ呼ぶんだって。田舎へ置いとけばいいじゃアないの。そうしたら、ママはね、パパの希望なんだって。」

「まア、パパにすれば、そういう気持になるだろうね。」

「だって、パパの不潔の証拠を、毎日、見せつけられているようで、嫌じゃアないの。そうしたらね、ママは、何も、家族と思う必要はないんだって。」

「ほう。」

「新しい女中が一人来た、と思えばいいんだってよ。だから、あたし、うんと、用事をいいつけてやるつもりよ。遠慮なんか、しないわ。」

それまで、黙って、二人の話を聞いていた弘志が、

「ねえ、それ、誰のこと？」

「ほら、ずっと前に、この家へ、おじいさんとここにいる娘が来たことがあるでしょう？」

「うん、覚えている。」

「あの娘が、おじいさんといっしょに、あさってから、家へくるのよ。」

「どうして、くるの？」

「女中のかわりによ。」

「なんだ、あれ、女中だったのか。だって、パパは、僕に、お姉さんと呼べ、といってたよ。」

「あんな娘に、弘志さんが、お姉さんという必要ないわ。女中でたくさんよ。」

「よし、わかった。それだったら、あいつ、ひとつ、うんといじめてやるかな。そんなの、僕は、得意中の得意だ。」

「そうよ、弘志さん。」

盛んにけしかける照子を、正治は、そんなことは、どうでもいいように、ただ、ニヤニヤ笑いながら見ているのであった。

私は女中なのだ

一

有子とおじいさんを乗せた汽車は、刻刻と東京へ近づきつつあった。

おじいさんは、疲れたように両眼を閉じていた。すこし口を開いたままだから、あるいは、本当に眠ってしまっているのかも知れない。

しかし、有子は、眠れなかった。眠ろうと努めてみたのだが、心の底にある緊張感が、それをさまたげるのだった。東京での今後の自分の生活を思うと、何かしら、その胸に不安にも似た感情が、昂《たか》まってくるのである。

(悪い予感……)

そんな思いだった。しかし、有子は、すぐに、取越苦労はよそうと、そんな思いを振り捨てるように、頭を横に振った。東京にだって、大好きな青空があるんだわ、と瀬戸内海の見える田舎の岡の上で、健気な誓いを立てた筈なのである。

しかし、その田舎の岡も、今は、遠い遠い場所となってしまった。いつの日にか、また、あの岡の上に立つことがあるだろうか。かりに、そういうことがあるとすれば、それは、有子が不幸せになっていることを意味するかも知れないのである。

有子とおじいさんが出発するとき、たくさんのクラス・メートたちにまじって、隣の岡田の小母さんも、駅まで送って来てくれたのである。

「有子さん、東京が嫌になったら、いつでも、この町に帰っておいで。あんた一人ぐらいは、何んとでもしてあげられるからね。」

岡田の小母さんは、汽車の窓際で、彼女の指先を握りながら、そういってくれたのであった。岡田の小母さんは、どういう事情で、彼女が、東京の家へ引き取られるのか、知っているらしかった。岡田の小母さんは、有子のちいさいときから可愛がってくれたし、こんどの引っ越しの際にも、東京からは、誰も来てくれなかったが、この小母さんが運送屋の手配をしてくれたり、その他、いろいろと親身の世話をしてくれたので、有子たちは、どれほど、たすかったか知れないのである。

発車間際に、二見桂吉が、大急ぎで、プラット・ホームに走り込んで来て、

「元気でな。近く、僕も後から東京へ行くから。」と、いってくれたことも、有子にとって、忘れ難いことの一つであった。

おじいさんは、相変らず、眠っている。有子は、そんなおじいさんの顔をじっと見つめているうちに、亡くなったおばあさんのことが、あれこれと思い出されて来た。殊に、臨終の三時間ほど前に、

「……町子さん。」と、いったときのことが。

もし、有子が、こんど、東京の家へ引き取られるについて、かりに、希望らしいものがあるとしたら、それは、ひょっとしたら、東京で自分の本当の母に会えるかも知れない、ということだろう。が、思えば、それは、まるで雲を摑むような、たよりない話なのである。

しかし、有子は、口の中で、

「お母さん……、あたしの本当のお母さん……、どうか、生きていて……。」と、いってみずにはいられなかった。

「どうしたんだね。」と、おじいさんがいった。

おじいさんは、いつの間にか、起きていて、有子の口の中の言葉を、聞いたのかも知れない。

「いいえ、なんでもないんです。」

有子は、わざと、明るい笑顔をつくりながら答えた。

「なら、いいんだ。」

そのあと、おじいさんは、しばらく、黙っていてから、

「なア、有子。」と、顔を寄せるようにしていった。

「ええ。」

「東京の家へ行ったら、皆さんから可愛がられるようにするんだよ。」

「大丈夫よ、おじいさん。」

「うん……。いろいろと辛いこともあるだろうが、そこは我慢してな。」

「はい。」

「有子だって、いつまでも、あの家にいるわけではない。せいぜい、三、四年の辛抱だ。そのうちに、お嫁に行くことになる。」

「あら。」

有子は、頰をあからめた。

「わしだって、有子の花嫁姿を見るまでは、どんなことがあっても、生きているつもりだ。わかってくれるな、有子。」

「はい。」

そういいながら、有子は、自分もだが、このおじいさんだって、東京の家での生活を気にしているに違いないと思った。父は、いいのだ。しかし、あの母は、長らく別居していたこのおじいさんを、どのような態度で迎えるかが、心配だった。母は、田舎へ来ても、おじいさんをいたわるような態度を見せたことはなかった。おばあさんに対しては、多少の遠慮をしていたようであったが……。

「いかが？」

突然に、横から、そういわれた。見ると、大阪から、有子の横に腰をかけていた三十歳ぐらいの美しいひとが、ニコニコしながら、チョコレートを差し出しているのである。

有子は、ためらった。

「ご遠慮はいりませんのよ。」

「有りがとうございます。」

有子は、チョコレートを貰った。おじいさんは、それを見て、

「やッ、どうも。」

「どういたしまして。」

有子は、チョコレートの半分を、おじいさんにわたした。

「東京までいらっしゃいますの。」と、その婦人が話しかけて来た。

さっきからのおじいさんの言葉を聞くともなしに聞いていたのであろう。

「そうなんですよ。これは、わたしの孫なんですけどね。可哀いそうな娘でして。」

おじいさんは、祖父と孫が、東京へ行くことになった事情のあらましを話しはじめた。

有子は、いやだった。恥かしかった。そんなことを、見ず知らずのひとに、誰かに慰めてほしかったのか、それとも、話してほしくなかった。が、黙って、窓の外を見ていた。

「あッ、富士山だわ。」

有子は、思わず叫ぶようにいった。

さっきまでは、どんより、曇っていたのである。ところが、急に、雲の一部が切れて、青空が現われて来た。その青空に、富士山の頂上のあたりが、見えているのである。四年前の修学旅行のときには、見ることが出来なかったから、有子にとって、生れてはじめて見る富士山であった。

有子は、その荘厳な威容に感動していた。涙ぐみたいような気持にすらなっていた。

二

汽車は、東京駅のプラット・ホームに滑り込んだ。有子とおじいさんは、窓から顔を出して、多分、迎えに来てくれているだろう父の姿を探し求めた。

「いないかね。」と、眼の薄いおじいさんがいった。

「見えないようだわ。」

有子は、なおも、そこらを見まわしながら答えた。客は、どんどん、降りて行く。迎えの人を見つけて、笑顔で話している人も、すくなくなった。

「お迎えが、来ていませんの？」

チョコレートをくれた婦人が、それまで、横に立っていていった。

「らしいんですけど。」

「そう……。」と、婦人がいってから、じいっと、有子を見つめていたが、「何んでしたら、あたしが、お送りしてあげてもいいんですけど。」

「大丈夫ですわ。」

「じゃア、お元気でね。」

婦人は、いたわるようにいって、もう一度、有子に微笑みかけて、二人の横から、はなれて行った。有子は、その婦人の親切さに、後からついて行きたいような思いがした。が、すぐまた、窓から顔を出して、熱心に父の姿を探し求めた。

「おかしいな。」

「とにかく降りましょうよ。」

「うん。」

二人が、プラット・ホームに降りたときには、もうよほど、そこらに人影がすくなくなっていた。そのとき、二十五、六歳の女が、向うから小走りに駈けて来た。

「どうも、遅くなりました。」

おばあさんが亡くなったとき、母について来た女中の八重であった。

「お父さまは？」と、有子がいった。

「昨日から、急に、関西の方へ、ご出張になったんですよ。それでね、奥さまが、かわりにいらっしゃる筈だったんですけど、何か急な用事が出来たとかで、お出かけになって、さっき、お出先から、私に、お迎えに上るようにと、お電話がありました。それで、つい、遅くなってしまいまして。」

「そうか、まア、いいだろう。そのトランクを持ってくれないか。」

「はい。」

「それで、お父さまは、いつ頃、お帰りになりますの？」

「一週間ぐらいのご予定だそうです。」

「まア、一週間も？」

有子は、父のいぬその一週間が、急に、心細くなって来た。それぞれ、理由があってのことだ、とわかってはいるが、しかし、女中に迎えられた自分を、

（歓迎されざる客……）

と、いうような気がした。

同じ思いが、おじいさんにもあったのだろうか。駅前から乗ったタクシーの中で、

「お父さんとお母さんは、まア、仕方が無いとしても、正治や照子なら、今日は、日曜日だし、迎えにこれたろうに。」と、不満そうにいった。

「お二人とも、昼すぎから、お出かけになりました。」

「弘志は？」

「家で勉強していらっしゃいます。」

「そうか。」

それっきり、おじいさんは、口をつぐんだ。有子は、タクシーの窓から、東京の街を眺めていた。びっくりするほど、人が多いし、びっくりするほど、自動車が走っている。

やがて、タクシーは、青山の家の門の前で、横づけになった。洋風の二階建の大邸

宅である。

「さア、どうぞ。」

八重がトランクを下げて、玄関の戸を開いた。

おじいさんは、その後にしたがって、中へ入って行った。有子は、そこに立ったまま、広広とした庭を眺めていた。また、家を見上げて、

(今日から、この家で、あたしの新しい生活がはじまるんだわ)

と、思っていた。

そのとき、ピュッという音がした。有子は、咄嗟に、顔をそらした。野球のボールが、有子の鼻先をかすめるようにして飛んで行った。有子は、ボールの飛んで来た方を見た。四年も見ぬ間に、すっかり、中学生らしくなった弘志が、ちぇッ、という顔をしながら立っていた。

「あッ、弘志さん。」

有子は、弘志の方へ駈け寄って行った。しかし、弘志は、むっとした表情で、黙っていた。

「お姉さんは、今日から、この家へくることになったのよ。どうか、よろしくね。」

「お前は、僕のお姉さんなんかじゃァないや。」

「なにをいうのよ、弘志さん。」

「弘志さんなんていうなよ。女中なら女中らしく、坊ちゃん、というもんだよ。」

「女中？」

「そうさ、お前は、この家へ女中に来たんじゃアないか。」

「違うわ。」

「ううん、そうだよ、女中だよ。ママだって、お姉さんだって、女中だ、といっていたんだぞ。」

有子は、顔色を変え、唇を噛みしめた。

（あたしは、女中として、この家へ呼ばれたのか！）

有子は、弘志の口から、この家における自分の地位を、今、はっきりと思い知らされた。が、それならそれでいいのである。かえって、覚悟がつく。

「おい、女中。あのボールを拾ってこい。」

有子は、黙って、そのボールを拾いに行きながら、

（女中、女中、あたしは、女中なんだわ）

と、自分の胸にいい聞かせるように、何度も何度も、繰り返していた。

三

正治と照子が、十時過ぎに、相前後して帰って来た。二人とも、酒を飲んでいるよ

うであった。そのとき、有子は、茶の間にきちんと坐っていた。まるで、はじめて来た女中が、主人の帰宅を待つような姿勢であった。

母は、まだ、帰っていなかった。

おじいさんは、疲れているので、寝かして貰う、といったのである。おじいさんの部屋は、離れの六畳間ときまっていたので、八重が、蒲団を敷いた。

「有子の部屋は、どこかね。」と、おじいさんが、八重にいった。

「聞いていませんけど。」

「じゃア、みんなの帰りが、あんまり遅くなるようだったら、今夜は、わしの部屋で、いっしょに寝ることにしよう。」

「いいえ、あたし、お母さんがお帰りになるまで、起きてますわ。」

「そうか。その方が、いいかも知れないな。」

頷くようにそういって、おじいさんは、離れへ引きあげて行ったあと、正治と照子が、帰って来たのである。

有子は、二人の前へ、坐り直すようにして、丁寧に両手をついて、

「有子でございます。」と、挨拶した。

「よう、来たかね。」

正治は、一応、笑顔でいったが、そのあと、見直すように、有子の顔を見つめた。

しかし、照子の方は、

「あ、そう。」と、冷めたくいって、さっさと、自分の部屋へ引きあげて行ってしまった。

正治が、自分の部屋のベッドの上で、洋服のまま、仰向けになって煙草を吹かしていた。そこへ、扉の外から、

「お兄さん、入ってもいい？」

「いいよ。」と、照子の声が聞えた。

と、照子が、入って来た。

照子が、入って来た。

「何よ、その恰好は？」

「思い出してるんだよ、彼女のことを。」

「彼女って、どの彼女よ。」

「照子の知らない彼女さ。」

「また、出来たの？」

「そうさ。凄いだろう？」

正治は、ニヤニヤしてみせた。

「あたしだってよ。」

照子は、負けずにいった。

「ほう、出来たのか。」

「出来つつあるのよ。こんどは、ちょっと、優秀よ。近いうちに、遊びにくる筈だわ。」

そこで照子は、正治の煙草を一本失敬しながら、話題を変えるように、

「とうとう、あの娘《こ》来たわね。」

「しかし、僕は、おどろいたよ。あの黒ん坊が、あんなに綺麗になっているとは、思わなかったよ。」

「ちっとも、綺麗じゃアないわ。」

「いや、綺麗だね。あれで、半年ほど、東京の風に吹かれてみろ。照子なんか、問題にならんくらい、綺麗になるぞ。」

「ご冗談でしょ。」

照子は、自信ありげにいった。しかし、兄からそんな風にいわれると、多少、内心の動揺を隠し切れないようであった。

「いや、そうだよ。照子、気をつけろよ。」

「なにをよ。」

「うっかりすると、家へ遊びにくる照子のボーイフレンドたちは、みんな、照子より

も、有子の方を好きになるかも知れないぞ。」

「あたし、そんなこと、絶対に許さないわ。」

「しかし、相手が、好きになってしまったら、しようがないじゃアないか。とすれば、こりゃア照子の大悲劇だな。」

照子は、自尊心をすくなからず傷つけられたように、

「何さ、あれは、女中じゃアないの。第一、不潔な存在だわよ。」

そこへ、寝巻姿の弘志が、こっそりと入って来た。

「こら、早く、寝ろ。十一時だぞ。」

「勿論、寝るよ。だけど、その前にちょっと、報告があるんだ。」

「なんだ。」

「今日来た、女中のことだよ。僕、いきなり、脅かしてやったよ。」

「ほんと?」と、照子が、身を乗り出すようにした。

そこで、弘志は、得意そうに、喋りはじめた。ただし、ボールは避けられてしまったのだが、

「うまく、命中したんだ。あいつ、泣きそうな顔をしていたよ。」と、いうようにゴマ化した。

「まア、愉快。弘志さん、よく、やったわねえ。」

「だろう？　これからも、うんと、いじめてやるつもりだ。」

「そうよ、そうよ。」

　しかし、正治は、

「弘志、いい加減にしとけよ。でないと、パパに叱られるよ。」と、たしなめるようにいった。

「大丈夫だよ。あいつね、今、茶の間を覗いて来たら、まだ、きちんと坐っていたよ。」

四

　母の達子が、帰って来たのは、十一時過ぎであった。彼女は、茶の間に坐っている有子の姿を見ると、一瞬、眉を寄せるようにしたが、すぐ、笑顔になって、

「あら、来たのね。」

「どうか、よろしくお願いします。」

　有子は、正治たちにしたと同じように、両手を畳の上についた。

「家へ来て、そんな固苦しい挨拶はいらないんだよ。」

　達子のあとからついて来た八重が、

「ご隠居さまは、おつかれになっているので、先に、休ましていただく、とおっしゃ

って、九時半頃に、お休みになりました。」

「そうかい。じゃア、有子さんも、すぐ、お休み。」

「はい。」

「どこに休んでいただきましょう。」と、八重がいった。

「あら、困ったわね。」

達子は、軽く舌つづみを打った。

その舌つづみが、有子の胸に、じいんとこたえた。有子のくることは、三ヵ月ぐらい前からわかっていたことなのである。それなのに、まだ、部屋をきめてなかったのだ。

「ねえ、有子さん。この家は、広いように見えるけど、ひとりで使える部屋って、そうないんですよ。」

「あたし、どこでも、結構です。」

「どこでもって、やっぱり、困ったわね。」

達子は、ちょっと考えるようにしてから、すぐ笑顔になって、

「じゃア、当分の間だけ、八重の隣の部屋に寝ておくれ。」

「はい。」

「そのうちに、あんたの部屋を考えるからね。せまいんだよ、三畳しかないんだよ。

一週間ほど前までいた女中が使っていた部屋で、本当に悪いんだけど。」

「いいえ。」

「それからね。これも当分の間だけだけど、次の女中がくるまで、あんた、八重のお手伝いをしてやってよ。」

「はい。」

「この家は、お客さまだって多いし、八重ひとりでは、無理なんだよ。」

「はい。」

「だから、朝も、八重と同じに、五時半に起きてね。」

「はい。」

「行儀見習いのつもりで。じゃア、八重も、そのつもりでね。」

八重は、気の毒そうに、有子を見た。が、有子は、顔色ひとつ、変えていなかった。

脣許に、かすかな微笑さえ浮かべていた。

「八重。このひとを、部屋へ案内してやってよ。」

「はい。」

「今夜は、これからすぐ、寝ていいからね。」

「おやすみなさいませ。」

「ああ、おやすみ。」

「どうぞ。」と、八重が、先に立った。

有子は、トランクを下げて、八重の後にしたがった。案内されたのは玄関に近い三畳間であった。まるで、鼻がつかえるように、陰気であった。よその部屋の畳は、みんな綺麗だが、ここだけは、古ぼけていて、カビくさい。

「お嬢さま。」と、八重がいった。

有子は、笑顔だったが、しかし、口調は、きっぱりと、

「お嬢さまだなんていわないで。」

「でも……。」

「いいえ、有子と呼んで頂戴。その方がいいんですから。本当よ。」

「……はい。」

「それから、いろいろのことをおしえてくださいね。」

「蒲団は、ここに入ってるのね。」

「あたし、敷きましょうか。」

「いいえ、自分で敷くわ。」

八重が出て行ったあと、有子は、畳の上へ坐った。しばらく、じいっとしていた。

やがて、有子は、いった。

「あたしは、女中なんだわ。」

そのあと、彼女の瞳が濡れて来て、やがて、それが涙の玉となって、頰をつたって流れた。

有子の日記

一

月　日

朝、五時に眼が醒めた。なんだか、眼のふちの皮膚が、こわばっているような気がする。すぐ、その原因がわかった。昨夜は、寝ながら涙をながしていたのに違いない。

そうだ、ここは、東京の家なのだ。そして、私は、女中なのだ。私は、二分間ほど、そのままの姿勢で、昨日のことを思い出していた。

家の中は、まだ、ひっそりとしている。

（おじいさんは、ゆうべ、よく、おやすみになれたか知ら？）

私は、起き上った。窓のカーテンを引くと、外は、もう、明るくなっていた。どんよりした曇り模様である。大好きな青空は、見えない。しかし、小鳥のさえずる声が聞えている。いかにも、朝が来たことを、嬉しがっているようだ。

牛乳配達の音が聞えてくる。私は、蒲団を押入にしまってから、部屋の外へ出た。足音を忍ばせながら、洗面所へ行った。

女中奉公、第一日目。どうしていいのか、さっぱり、見当がつかない。とにかく、台所へ行ってみる。湯呑茶碗が、洗わないままで、テエブルの上に置いてある。恐らくお母さまが、昨夜、私が寝てから、お茶をお飲みになったのだろう。それを洗っていると、うしろから、

「あら、早いのね。」と、八重さんがいった。

「でも、なにをしたらいいのか、わかりませんのよ。」

「これからは、私が、お起こしするまで、寝ていらっしゃってください。かまいませんから。」

「いいえ。」

私は、頭を横に振った。八重さんは、気の毒そうに、私を見た。しかし、そんな顔をされると、かえって、私の決心がにぶる。昨夜、私は、

(女中として徹《てっ》しよう)

と、決心したばかりである。

「じゃア、お台所は、私がいたしますから、縁側の雨戸を開いて、先に、茶の間を掃除していただきましょうか。」

「いいわ。」

私は、縁側の雨戸を開いた。明るい朝の光が、さっと、入ってくる。見ると、おじいさんが、芝生の上を、ゆっくりと散歩していなさる。

「おじいさん。」

私は、思わず、大声でいった。おじいさんは、振り向いて、おお、というように、こっちへ近づいて来て、

「有子、お早う。」

「お早うございます。」

「ゆうべは、よく、ねむれたかね。」

「ええ。おじいさんは？」

「いや、わしは、蒲団が変ったせいか、どうも……。それにしても、有子は、感心だな。こんなに早く起きて。正治たちは、まだ、寝ているんだろう？」

「あたしは、女中ですから。」

「なに？」

「あのね、おじいさん。あたしは、当分の間、この家の女中になることにしましたの。自分からお母さまにお願いして、そういうことにしていただきましたの。」

「ふーむ。」

「だって、その方が、早く、いろいろのことが覚えられて、得なんですもの。」

私は、笑顔でいった。おじいさんは、じっと、私の顔を見つめていてから、

「我慢するんだよ、有子。」

「はい……。」

私は、眼頭が熱くなったけれども、それに堪えながら、

「大丈夫よ、おじいさん。」

おじいさんは、頷くようにしながら、ふたたび、朝露に濡れた芝生の上の散歩を、おはじめになった。

私は、茶の間の掃除を終ってから、八重さんに聞いて、二階のお座敷の掃除をはじめた。障子に、ハタキをかけていると、いきなり、うしろから呶鳴りつけられた。

「うるさいわね。いったい、今、何時だと思っているのよ。」

私は、ハッとして振り向くと、寝巻姿のままの照子さんだった。

「六時を過ぎたばかりじゃアないの。あたしが、隣の部屋で寝ているのよ。あんた、あたしの安眠を妨害する気なの？」

「いいえ、そんなこと。お姉さんのお部屋が——。」

「お姉さんだなんて、いわないで頂戴。あたしは、あんたの姉なんかじゃアなくってよ。女中なら女中らしく、お嬢さま、といいなさい。」

「はい。お嬢さまのお部屋が隣とは、知らなかったものですから。」

「だから、どうだというのよ。」

「すみません。これから、気をつけます。」

「あたりまえだわ。」

そういって、照子さんは、もう一度、私を睨みつけるようにして、自分の部屋へ姿を消して行った。

午後二時頃、お母さまのところへ、お客さまがあった。私は、レモンティーを持って行った。

お客さまは、お母さまと同年輩のひとだったが、私を見ると、

「あら、新しい女中さん？」

するど、お母さまは、

「ええ、そうなんですよ。田舎から出て来たばかりでしてね。無理に頼まれたもんですから、仕方なしに、ほッほッほ。」

私は、お客さまに、丁寧に頭を下げて、応接室から出て来た。

二

月　日

お母さまが、八重さんを連れて、お出かけになることになり、私が、ひとりで掃除をすることになった。

照子さんの部屋へ行って、おどろいてしまった。おどろいたのは、二つの理由からである。

一つは、あまりにも立派だったからだ。立派というよりも、ゼイタクといった方がいいかも知れない。洋室になっていて、ベッドが置いてある。ためしに、腰をかけてみたら、スプリングがとてもきいて、いい気持だった。こんなベッドで寝たら、王女様になったような夢を見られるかも知れない。

私の敷いているセンベイ蒲団とは、雲泥の相違である。そのほかに、電蓄があり、本棚があり、整理ダンス、三面鏡、ガラスのケースに入ったふらんす人形……。何も彼も、私の三畳の女中部屋とは、天と地ほどの違いがある。

ふっと、思ってしまった。

(同じお父さまの娘でありながら……)

しかし、私は、すぐ、頭を横に振って、

（いいえ、私は、女中なのです）

おどろいたことの二つは、こんな立派な部屋でありながら、あまりにも乱雑にしてあることだった。

ベッドの上の寝巻は、脱ぎ捨てられてあるし、紙屑がジュウタンの上に散らばっている。灰皿には、口紅のついた煙草の吸いさしが入っている。テエブルの上には、読みさしの本が、開いたまま、放り出すようにしておいてある。すこしも、娘の部屋らしくなかった。寧ろ、あとで掃除した正治兄さんの部屋の方が、余ッ程、きちんとしていた。

私は、お父さまの書斎の掃除もした。大きなテエブルに廻転椅子、本棚には、本がぎっしりとつまっている。それもたいていは、電気関係の本だった。

私は、廻転椅子に腰を掛けてみた。窓から、ひっそりした庭の芝生が見えている。

私は、しばらくじいっとしていた。

「お父さま……。」

私は、ちいさい声で、そういってみた。しかし、お父さまの出張は、更に、延びたらしいのである。ついで、私は、

「お母さま……。」と、呼んだ。

勿論、この家のお母さまのことではない。私を生んでくれたお母さまのことなので

ある。生きているのか、死んでしまったのかもわからぬ、私の本当のお母さまのことなのである。もし、今の私に、生甲斐があるとすれば、そのお母さまに会えるかも知れぬ、という希望だけだろう。

しかし、私は、そのお母さまの顔すら知らないのだ。おばあさんは、亡くなる前に、お父さまが、一枚ぐらい、お母さんの写真を持っているかも知れないけど、といっていた。そうすれば、その写真は、この部屋の中のどこかにあるに違いなかろう。私は、そこらを見まわした。しかし、どこにも、アルバムらしい物が、見つからなかった。

(ひょっとしたら、机の曳出しの中に?)

私は、つい、曳出しに、手をかけかけた。が、思いとまった。そういうことはいけないことだ、と自分を叱る声を聞いたような気がしたからである。私は、未練を残して、お父さまの部屋を去った。

三時になった。この広い家の中には、私とおじいさんの二人がいるだけだ。私は、お茶を持って、おじいさんの部屋へ行った。

「おお。」

おじいさんは、嬉しそうな顔で、私を迎えて、

「辛いだろうな。」

「いいえ、平気よ。」

「お父さんさえ帰って来たら、なんとかするように、わしから話す。」

「そんなこと……。今のままで、いいんですのよ。それより、おじいさんは、お幸せ？」

「わしか。」

そういってから、おじいさんは、淋しそうに笑って、

「今も、亡くなったおばあさんのことを思い出していたところだよ。有子、田舎がよかったな。」

「ええ。」

私は、あの岡を瞼《まぶた》の裏に描いた。ついで、二見桂吉先生のことを思い出した。

（二見先生は、もう、東京へ出ていらっしゃったか知ら……）

そのとき、母屋《おもや》の方から、

「おーい、おーい。」と、呼ぶ弘志さんの声が聞えた。

三

私は、すぐ、立って行った。弘志さんは、今、学校から帰って来たところである。

私の顔を見ると、いきなり、

「おい、女中。お前は、高校を卒業したんだろう。」

「そうよ。」

「じゃア、こんな宿題ぐらい出来るな。」

見ると、代数の問題だった。

「いいか、僕は、これから遊びに行ってくるから、その間に、やっとくんだぞ。僕の命令だ。」

そういって、弘志さんは、私の返辞も聞かないで、飛び出して行ってしまった。

夕食が終っても、誰も帰ってこない。八時頃になって、弘志さんが、思い出したようにいった。

「おい、女中、あの宿題、やってあるだろうな。」

「いいえ。」

私は、澄まし込んでいった。

「なに？」と、弘志さんは、眼をむいて、「どうして、やらなかったんだ。」

「私は、女中です。あんたは、女中に宿題をして貰って、恥かしいとは思わないんですか。」

「ナマいうな。僕の命令を聞かない気か。」

「聞きません。宿題は、自分でするもんです。ご自分でなさい。」

「こいつ、いったな。」

そういったかと思うと、弘志さんは、いきなり、私の頬を殴った。私は、不意だったので、よろめいた。

「お前は、これでもやらないのか。」

「やりません。」

「もっと、殴られたいのか。」

「弘志さん。」

私は、きっとなっていった。

「ひとを殴るってことは、いちばん、いけないことよ。」

「女中のくせに。」

「そうよ、私は、女中です。でも、もしこれ以上、殴ったりしたら、私は承知しませんよ。」

「よーし。」

弘志さんは、私に、飛びかかって来た。そのとき、私の胸底から、むらむらっと、こみあげてくるものがあった。それは、この家へ来てからのおさえにおさえていた憤りであったかも知れない。とにかく、私は、我慢がならなかった。飛びかかってくる弘志さんの胸を、思い切り、両手で突き飛ばしてしまった。

弘志さんは、脆くも、ひっくり返った。彼は、女の、しかも、女中の私から、こん

な反撃を食うとは、夢にも思っていなかったのだろう。しばらく、呆然としていたが、やがて、立ち上ると、

「おい、庭へ出ろ。」

「いいわ。」

私たちは、庭へ出た。そのとき、私は、多少、後悔していた。しかし、一方で、弘志さんのようにわがままいっぱいに育てられた少年は、今のうちに、懲《こ》らしめておかなかったら、ますます、手に負えない人間になって行くに違いない、と思っていた。そのことは、結局、弘志さん自身の不幸である。そのため、将来、私の上に、どんな難題が降りかかってこようが、姉として、この少年に愛の鞭《むち》をあてるべきだろう。私は、そう決心した。

庭は、薄暗かった。私は、身構えるようにしながら、

「さア、いらっしゃい。」

「行くぞ。」

しかし、弘志さんは、さっきの思いがけぬ私の一撃に懲りているのか、なかなか、飛びかかってこない。

「あんたも男だったら、途中で、弱音を吐いたりしちゃアダメよ。どっちかが、降参、というまで、徹底的にやるのよ。」

「勿論だ。」

そういうと、弘志さんは、私に、つっかかって来た。流石に、男である。相当な力であった。しかし、私だって、スポーツで鍛えた身体である。弘志さんの両腕を掴むと、それを逆にねじあげるようにしながら、どんと押し返してやった。弘志さんは、よろめいた。こんどは、必死の形相で、飛びかかって来た。私は、それを避けた。弘志さんは、前へのめった。

五分後、上になり下になりしたあげく、私は、弘志さんの背中を、おさえつけていた。

「どうだ、降参か。」

「なにを、女中め。」

「女中にこんな目にあわされて口惜しかったら、もっと、強くなりなさい。」

「うーん。」

「負けたでしょう？」

弘志さんは、答えなかった。私は、立ち上った。弘志さんは、のろのろと立った。しかし、二度と、私に、かかってくる勇気はないようである。すっかり、自信をなくしたように、悄然としている。私は、口調を優しくしていった。

「宿題、どうするの？」

「…………」

「やっていかなくてもいいの？」

弘志さんは、首を横に振った。

「じゃア、あたしが見てあげるから、いっしょにしましょう。」

弘志さんは、おどろいたように、私の顔を見た。

「嫌なの？」

「ううん。していかないと、あした、ひどく叱られるんだ。」

「だったら、なおさらだわ。」

弘志さんは、代数が、苦手らしい。彼にとっての難問を、私が、苦もなく解いて、それを説明してやると、すっかり、感心してしまって、

「お前、じゃアなかった。お姉さんは、頭がいいんだなア。」

「これからだって見てあげるわよ。」

「頼む。」

「そのかわり、さっきの喧嘩のことは、誰にも内証よ。」

「いいとも。」

弘志さんは、ニッコリと笑った。

四

月　日

今日は、日曜日のせいか、お客さまが多かった。あとでわかったのだが、ピンポン大会が、行われることになっていたのである。正治さんと照子さんとのお客様で、十人ぐらいであった。男六人と女四人で、みんな、いいお家の人ばかりのようである。

私は、そのお茶の接待やらなんやらで、とても忙しかった。

お母さまも、今日は、家にいて、ニコニコしながら、ピンポン大会を見たりしていらっしゃった。

ピンポン台を庭に出して、その賑やかな声が、台所にいても聞える。

八重さんが、

「本来なら、あなたも、あのなかにおはいりになれる筈なのにね。」

「とんでもない。」

「いいえ、そうよ。私は、よく、毎日、我慢していられる、と思いますよ。」

そういう八重さんの同情は、私にとって、嬉しかったが、しかし、迷惑でもあった。何故なら、私は、なんとかして、女中として徹しよう、と思っているのである。それは、私の意地でもあった。そういうとき、なまじっかの同情をされると、つい、本当にそうだわ、というような不平が起って来そうになるのである。

「今日のピンポン大会の目的をご存じ？」

八重さんが意味ありげにいった。

「いいえ。」

「婿《むこ》選び。」

「えッ？」

「今日来た人の中から、照子お姉さまの結婚の相手を、お選びになるらしいんですのよ。」

「まア、そうでしたの。」

「照子お姉さまには、ボーイフレンドが、たくさんあるんですよ。でも、今日来ていらっしゃる人は、その中でも、選ばれたる人ばかりなんです。」

私は、思った。照子さんが、早く、お嫁に行ってくれたら、私にとって、この家は、もっと、いやすくなるかも知れないのである。

「もっとも、照子お嬢さまは、最近お知り合いになった広岡さんが、いちばん、気に入ってらっしゃるようなんです。」

広岡さんは、日東工業の社長の息子さんだそうだ。しかし、六人の中の、どの人が広岡さんか、私には、わからなかった。

しばらくたって、私は、ジュウスを持って行った。お母さまは、いらっしゃらない。何気なく、そこに貼り出してある成績表を見ると、広岡さんと照子さんだけが、まだ、無敗だった。正治さんの成績は、ずっと悪い。弘志さんも入っていて、これは中位である。そして、今、休憩中なのである。

私が帰りかけると、背の高い人が、じいっと、私を見ていて、

「君、ピンポン、やれないの？」

「ダメです。」

「しかし、すこしは、やれるんだろう？」

「はい。」

「どうだ、僕と一戦まじえないか。」

「私、仕事がありますから。」

「ちょっとぐらい、いいじゃアないか。」

するとと、横から、照子さんが、

「広岡さん、女中なんか相手にするの、およしなさい。」と、鋭い口調でいった。

このひとが広岡さんなのかと、私は、その人の顔を見直した。浅黒くて、引き緊った顔である。

「いいじゃアないか、女中だって。」

広岡さんは、照子さんに、反駁するようにいった。

「だって、不愉快だわ、そんなの。」

「なに、ほんの余興さ。君、やろうよ。君の身体は、たしかにスポーツをやっている と、僕は、睨んでいる。」

「私、失礼します。」

正治さんが、横から、ニヤニヤ顔で、

「かまわないよ、やりたまえ。」

ほかの人たちも、面白がって、すすめる。私は、途方に暮れた。

「いいわ、おやりなさい。そして、負けて、大恥をかくといいわ。」と、照子さんが いった。

「でも……。」

「なにが、でもなのよ。そんないい方、生意気だわ。主人の命令よ、やりなさい。」

その一言が、私の心を変えた。しばらく、ラケットを持ったことはないが、多少の 自信はあった。負けるにしても、そんなにぶざまな負け方はしないだろう。

「お願いします。」

私は、丁寧に頭を下げて、ラケットを握った。最初しばらく、練習をさして貰った。

そして、プレイが開始された。

広岡さんのサーブは、思いのほかに強かった。私は、打ち返すのがやっとであった。続けて、五点を取られてしまった。

「やっぱり、問題にならないわ。恥さらしだわ。」と、照子さんが、皮肉な口調でいった。

私は、なにくそ、と思った。そして、たちまち、三点を返した。

「うまい。」と、広岡さんがいった。

周囲から声援が寄せられる。広岡さんの顔は、真剣である。私も、真剣になった。そして、二十一対十八で、私が、勝ったのである。拍手が起った。負けた広岡さんは、笑っている。

「こんどは、あたしよ。」

照子さんが、ラケットを握った。憎悪に満ちた瞳であった。

私は、ラケットをおいた。

「仕事がありますから、失礼さしていただきます。」

そういって立ち去る私の背中へ、照子さんの声が、投げられた。

「逃げるなんて、卑怯だわ。」

夜になって、私は、お母さまから、散散、お小言を頂戴した。思えば、私は、女中らしくなかったのである。以後、つつしまねばならぬ、と思った。

そのあとで、弘志さんが、私に、耳打ちをした。

「広岡さんが、お姉さんのことを聞くから、僕は、いっておいたよ。女中をしているけど、本当は、僕のお姉さんなんだって。」

母の写真

一

有子の父、栄一の関西出張は、はじめの一週間の予定が、更にのびて、結局、有子が、この家に来てから十一日目に、帰って来た。その日を、有子は、どんなに待ちこがれていたか知れない。

だから、門の前にそれらしい自動車の停まる音が聞えたとき、彼女は、真ッ先に飛び出して行った。

やはり、父であった。有子は、自動車から降りてくる父に、胸を弾ませながら、

「お帰りなさい、お父さま。」

「おお、有子か。」と、栄一は、笑顔を見せて、「おじいさんも、おいでになってるんだな。」

「はい。」

「そうか、そうか。」

が、栄一は、そのあとで、有子の服装に眼をとめて、

「どうして、そんなみっともない恰好をしているんだ。それでは、女中と間違われるよ。」と、眉を寄せながらいった。

咄嗟に、有子は、

(だって、わたしはこの家の女中なんですもの)

と、いいたかったのだが、うしろに、母の達子の気配を感じると、黙り込んでしまった。

「あなた、お帰りなさい。」と、達子がいった。

「ああ。」と、頷いてみせてから、栄一は、「有子の服装、なんとかしてやらなくちゃアいかんな。」

しかし、達子は、ジロリと、有子を見ただけで、なんともいわなかった。栄一の顔色は、曇った。なにかを感づいたらしいようすである。そのまま、黙って、家の中へ入って行った。

正治は、会社へ行っているし、弘志は、学校へ行っている。が、照子は、家にいるのだ。父の帰宅が、たいてい、察しられそうなものなのに、出迎えに出てこなかった。そして、その照子は、ピンポン大会以来、有子と顔をあわせても、そっぽを向くだけで、一言も口を利こうとは、しないのであった。

有子は、父が帰って来たら、いいたいことが、いっぱい、あるつもりだった。ついでに甘えてもみたい。が、達子はそれを拒否するように、

「有子さん、すぐ、お風呂の掃除をして頂戴。今日は、いつもより、念をいれてね。」

と、命じたのである。

有子には、すでにその母の心の中が、わかり過ぎるほどわかっていた。こうなったら、意地でも、女中として徹するより仕方がないのである。

八重が、栄一へ、お茶を持って行った。有子は、風呂場の掃除をしている。気になって、窓を開けて、外を見た。が、どんよりと曇っていて、青空は、見えなかった。

「お姉さん。」

振り向くと、弘志が立っていた。

「あら、お帰りなさい。昨日して行った宿題、どうだった？」

「満点さ。」

「よかったわね。」

「ヘッヘッ、お蔭さまでね。」

弘志は、ふざけたようにいった。

「昨日の宿題は、ほとんど、弘志さんが、ひとりでやったようなもんよ。」

「それよりね、お姉さん。」と、弘志は、重大なことを報告するように、声を低めて、

「お父さんとお母さん、喧嘩しているよ。」

「まア。」

「お姉さんのことでなんだ。」

「困るわ。」

「お母さんは、お姉さんを、女中の部屋よりほかに寝かせるところがない、といってるんだ。」

「そうよ。本当に、そうよ。」

「お姉さん、これから、僕の部屋で、いっしょに寝ようか。」

「えッ？」

「僕は、その方がいいんだ。」

「どうして？」

「だって、宿題を見て貰うのに、便利だからさ。」

「宿題ぐらい、そうしなくっても、いつでも見てあげます。」

「でも、お姉さん。あんな部屋より僕の部屋の方が、広くて、明るくて、ずっと上等だよ。僕、お父さんに、そういってやろうか。」

「いいわよ。」

有子は、勿論、女中部屋よりも、たとえ、弘志といっしょであっても、彼の部屋で寝起き出来たら、どんなに素晴らしいことだろう、と思っていた。が、そんなことをいい出したら、結局、それは、父を苦しめることになるに違いないのである。

有子は、田舎にいる時から、父が、母に対して、頭の上らぬらしいことを察していた。そのことは、さっきの玄関での、父と母の態度からしても、間違いでなかったようだ、と思われるのである。

どうして、そのようになったのか。自分が原因なのだと、有子は、悲しいことだが、そう思うより仕方がなかった。父の過去の不品行が、すべて、今日の原因となっているに違いなかろう。

だからといって、有子は、自分が産まれなければよかったのだ、とは思いたくなかった。せっかく、この世に産まれて来たのである。時には、自分を産んだ母、そして、父を怨めしく思わぬではなかったが、それと、おばあさんがいい残した自分を大切にすることとは、別の問題だ、と思っているのであった。すくなくとも、この家へ来てからは、それを痛切に思っている。思うように努めている、といった方が、当っていようか。

「どうしてなの、お姉さん。」と、弘志は、不満そうにいった。

「どうしてって……。」

「じゃア、僕が、嫌いなの？」

「違うわ。弘志さんは、大好きよ。だけど、お姉さんは、あんなちいさい部屋でも、そこに一人でいて、いろいろの空想をすることが、大好きなのよ。」

「いろいろの空想って？」

「たとえばね。」

有子は、考えるようにしてから、

「広い広い、どこまで行っても、果てしのない青空、その光に満ちた青空の中を、自由に飛びまわるのよ。」

「飛行機に乗って？」

「ううん、お姉さんには、羽根があって、どこへでも、好きなように、飛んで行けるの。愉しいわよ。だから、弘志さんも、ときどき、自分の好きな空想をしてみるといいわ。」

そこへ、八重がやって来て、

「有子さん、奥さまが、お呼びですよ。」と、知らせた。

有子が、茶の間へ入って行くと、父と母は、向い合って、坐っていた。が、そこに流れている空気は、寧ろ、険悪といってもよかった。父は、すくなからず、昂奮しているようで、やたらに、煙草を吹かしている。母は、不愉快そうに、唇をへの字に結んでいる。

「お呼びでございましょうか。」

有子は、きちんと、畳の上に坐った。

「ああ、有子さん。」

達子は、つくり笑顔を向けて、

「あたしは、今、あなたのお父さんから、散散、お小言を頂いてるんですよ。」

「………」

「あなたのことでね。」

「すみません。」

「あら、あやまることはないのよ。ただ、この点だけを、はっきり、あなたの口からいっといて貰いたいのよ。でないと、あたしが、あなたに対して、特別に意地悪でもしているように、お父さんから誤解を受けて、心外ですからね。」

そういって、達子は、相変らず、苦苦しい顔をしている栄一に、皮肉な流し目を送った。

「どういうことでしょうか。」

「あなたが、この家へ来た晩、前にいた女中が、一人いなくなった、ということを知って、自分から、それなら、あたしを家事見習いのために働かしてください、といったんでしたわね。」

まるで、話が逆である。よくも、こんな白白しい嘘がつけるものだと、有子は、心の中で、あきれていた。が、しかし、ここでそれをいったら、どういうことになるか。この場は、一応、母をへこますことになるかも知れないが、その反動が、思いやられるのである。そして、その反動は、自分だけでなしに、父にまで及んで行くに違いない。

有子は、唇許《くちもと》に、微笑を浮かべながらいった。

「お母さまのおっしゃる通りです。私から、女中にして下さい、とお願いしました。」

「それごらんなさい。」

達子は、勝ち誇ったようにいい、そのあと、これで、有子が、本当に女中ということにきまったような口調で、

「じゃア、もう、よろしいわ。あんた、お台所へ行って、すぐ、晩ごはんの仕度をして頂戴。わからんことは、よく、八重に聞いてね。」

「はい。」

有子は、丁寧に頭を下げて、立ち上った。父は、終始、一言も喋らなかった。が、有子は、立ち上るとき、ちらっと自分の方を見た父の眼に、憤りとも、哀れみともとれる光を感じたのであった。

二

一ヵ月ばかり過ぎたある日の三時ごろ、電話のベルが鳴るので、有子が出た。

「ああ、わしだが。」

それは、父の声であった。

「あら。」

「有子か。」

「はい。」

「お母さんは？」

「お出かけになっています。」

「照子は？」

「お母さまと、ごいっしょに。」

「そうか……。わしの机の上に、ハトロンの封筒に入ったものがあるんだが。」

「ええ、ございます。」

「知っているのか。」

「お掃除をするとき、見ましたの。」

「なるほど。それがいるのだ。これから、会社の者に取りにやるから——。」

そこまでいってから、栄一は、急に、口調を変えて、

「そうだ、いっそ、有子が持って来てくれるといいんだが。」

「参りますわ。」

「じゃア、そうしてくれ。すぐ、会社の自動車をやるから、それに乗ってくるとい い。」

「あたし、電車で。」

「有子。たまには、いつも、お父さんの乗っているような自動車に乗ってみたくないのか。」

「そりゃア。」

「では、仕度をして、待っていなさい。」

「はい。」

電話を切ったあと、有子の顔は、ぼうっと上気していた。バンザイ、と叫んでみたいほどだった。

有子は、小走るように、離れのおじいさんの部屋へ入って行った。

「おや、どうしたんだね。」

おじいさんは、びっくりしたようにいった。

「素晴らしいのよ。」

有子の話を聞いて、おじいさんは、

「よかった、よかった。」と、まるで、自分のことのようによろこんで、「そんなら、ついでに、晩ごはんもどっかで、ご馳走してもらうといいよ。」

「そんなこと……、お父さま、きっと、お忙しいのよ。」

「でも、わしは、お父さまは、そのつもりだ、と思うよ。」

「なら、いいんだけど。」

「すぐ、仕度をしなさい。いちばんいいお洋服を着ていくんだよ。」

「ええ。」

有子は、八重にも事情をいって、

「ですから、あと、お願いするわ。」

「ええ、行ってらっしゃい。ついでに、お父さまに、おいしい物をご馳走してお貰いになるといいわ。」

八重は、ニコニコしながら、おじいさんと、同じことをいった。

おじいさんは、いちばん、いいお洋服を、といったけれども、この季節の外出着は、有子に、一枚しかないのである。それも、去年、亡くなったおばあさんが、つくってくれた物である。着てみるとすこし、ちいさいようだ。それだけ、この一年間に、彼女は大きくなったのである。

三十分ほどで、会社の自動車が、門の前に停った。弘志は、まだ、学校から帰っていない。が、おじいさんと八重が、見送りに出てくれた。

「お嬢さま、行ってらっしゃいまし。」と、八重がいった。

「気をつけてね。」と、おじいさんが、いった。

まさに、小野家の令嬢の外出風景である。自動車は、ピカピカした高級車だし、有子までが、そんな気がしてくる。が、もし、達子が、家にいたら、とても、こんな風には、出来ないだろう。

それどころか、出してくれるかどうかも、怪しいものである。そして、父だって、こんな気にはならなかったかも知れない。

「行ってまいりまーす。」

自動車は、滑るように動きはじめた。

有子は、振り返って、うしろの窓から、手を振ってみせた。おじいさんも八重も、手を振っている。それが、みるみる、遠のいて行った。

クッションが、素晴らしくよかった。有子は、ハトロン封筒をいだくように持ちながら、ちょこんと腰をかけている。とても、深深と腰を掛ける気にはなれない。が、まるで、お姫様にでもなったような、いい気分であった。

思えば、有子にとって、このように家から遠くまで出るのは、東京へ来て以来、はじめてであった。外の空気まで、新鮮なような気がする。

有子は、そこに、自分の知らぬ世界があるように、流れ去って行く町町を貪るように眺めていた。

そのうちに、有子の頭に、閃《ひら》めくものがあった。

（いつかは、あたし、あの家にいられなくなって、この町の中へ、放り出されるようになるのではあるまいか）

しかし、彼女は、すぐ、そういう思いを打ち消すように、頭を横に振った。

自動車は、議事堂の前を走っていた。

三

父が重役をしている日興電機は、丸の内の大きなビルディングの三階にあった。よく磨かれた石の廊下を、受付の人が先に立って、丁重に案内してくれた。

父は、有子の姿を見ると、すぐ、大きな机から立って、

「ああ、来てくれたか。ご苦労、ご苦労。」と、ニコニコしながらいった。

「はい、これでしょう？」

有子は、ハトロン封筒を差し出した。

「そうなんだ。ちょっと待っていてくれな。」

栄一は、そのハトロン封筒を持って、部屋の外へ出て行った。

こんな大きな立派な部屋に、父は、一人でいるのだ。有子は、あらためて、会社における父の地位を、思ってみた。が、それよりも嬉しかったのは、父が、家とは別人のように、自分に対して、優しくしてくれることだった。恐らく、母に対する遠慮からであろうが、家にいるときの父は、ろくに有子に話しかけてくれないのであった。そのことが、いつも、有子を淋しがらせていた。その不満は、さっきの父の態度で、全く、解消したといってもいいくらいだった。

扉が開いて、女事務員が、紅茶を持って来た。

「どうぞ。」

「すみません。」

その女事務員が、去って行ったあとで、

（そうだわ、あたしの本当のお母さんも、昔、ここに勤めていたんだわ）

と、有子は、思い出した。

とすれば、二十年前に、母もまたあのようにして、この部屋へ入って来たかも知れないのである。無論、そのころの父は、今のように、重役ではないから、別の部屋にいただろう。が、しかし、ここが、かつての母の職場であったのだ、と思いはじめてからの有子は、もう、今までのように平静ではいられなくなってしまった。

父が戻って来た。

有子は、いきなり、いった。

「お父さま、あたしの本当のお母さまも、この会社に勤めていなさったのね。」

栄一は、顔色を変えた。しばらく、黙っていてから、

「そうなんだよ。」と、静かにいった。

「今、どこに、いらっしゃるの?」

父は、頭を横に振った。

「あたし、会いたい。」

「有子。」

「会いたい、会わして。」

有子は、すでに、泣き声になっていた。

「有子、わしが、悪かったのだよ。」

「そんなことといいの。ねえ、会わして。」

「わしにも、わからないのだ。」

「生きていなさるかも?」

「いや、満洲から引き揚げて来たことだけは、たしからしい。が、それ以上のことは、わからないのだよ。」

「じゃア、写真があるんでしょう? それを見せて、お父さま。」

「見ない方がいい。そして、今のお母さんを、本当のお母さんと思って、暮らしてくれないか。」

「嫌です。」

　有子は、きっぱり、といった。父は、うなだれた。

「写真を見せて。」

「見て、どうするんだ。」

「お母さんを探します。」

「そんなこと、有子。」

「いいえ、あたしは、一生かかっても、探すわ。きっと、探してみせるわ。」

　父は、しばらく、娘の顔を見ていたが、やがて、決心がついたように、深く頷くと、立ち上った。机の曳出しの奥深くを探していて、やがて、名刺型の古ぼけた一葉の写真を持って来た。

「これ一枚しかないのだ。いろいろあったのだが、お母さんに見つかって、全部、焼かれてしまった。これだけが残ったのだ。」

有子は、眼を閉じた。写真を持つ指先が、ふるえていた。恐いのだ。どんな人が、自分の母親なのか。今、それを見ようとして、胸がふるえてくるのであった。

有子は、祈るような思いで、眼を開いた。そこに二十歳ぐらいの和服の女の姿があった。どこかの海岸で撮ったものらしい。が、美しかった。それは、どこかに愁いを含んだ美しさであった。有子は、大きな眸で、それを見ている。そのうちに、叫ぶようにいった。

「お母さま！」

四

銀座のネオンは、美しく点滅していた。人の出盛りであった。その中を、栄一と有子は、寄り添うようにして、歩いていた。

父は、有子に、靴を買ってくれた。その靴の入った函を、有子は、抱くようにして持っている。また、洋服も買ってくれた、あと十日で、出来る筈である。

「お父さま、嬉しい。」

有子は、父を見上げながらいった。

「そうか。有子が、元気になってくれると、お父さんも嬉しい。」

「もう、大丈夫よ。そのかわり、さっきのお母さまのお写真、有子に頂戴。」

「いいとも。しかし、人に見られないようにするんだよ。」

「ええ、淋しくなったら、こっそり、眺めてみます。」

淋しくなったら、青空を探す有子であった。が、青空の見えないときは、母の写真を見て、その淋しさを忘れることだ。

「ご飯を食べて帰ろう。」

「あら。」と、有子は、明るい声を出して、「おじいさんからも、そうして貰え、といわれて来ましたのよ。」

「そうか。では、おじいさんにも、なにか、お土産を買って帰ろう。」

「お母さまたち、もう、お帰りになっていないか知ら？」

「大丈夫。いったん、家を出たら、十時頃まで帰るもんか。だから、さっきの洋服や靴のことなど、知れるまでは、黙っていた方がいいよ。」

「はい。」

やがて、栄一は、有子を、レストランに連れて入った。

高級な店らしく、上流の客ばかりのようである。

「なにが、食べたい？」

「エビフライが好き。」

「よしよし。」

父は、ボーイを呼んで、料理の注文をし、ついでに、ビールを頼んだ。

「お酌してあげるわ。」

「そうか、そうか。」

やがて、ポタージュが来て、次に、エビフライが来た。

有子は、何も彼も、夢を見ているようであった。

「有子。」

「ええ。」

「有子にも、そのうちには好きなひとが出来るだろう。」

有子は、顔をあからめた。が、栄一は、あくまで、真面目な顔で、しみじみといった。

「あらかじめいっとくが、お父さんが、いい例だ。相手を選ぶことだよ。自分にふさわしい、相手を選ぶことだよ。かりそめにも、妻子のあるようなひとを、好きにはならないこと。苦しいだけだ。その結果が、どういうことになるか、有子が、いちばんよく、知っていることだからね。」

有子は、深く頷いた。

そのとき、さっきから、向うの席で、しきりと、こちらの方を見ていた青年紳士が、つと立ち上ると、二人の席へ近寄って来た。

平手打ち

一

「失礼ですが。」と、その青年紳士がいった。

栄一は、顔をあげて、いぶかるような眼で、相手を見た。同時に、顔をあげた有子は、口の中で、あッ、といった。

「知っているのか。」

栄一は、有子にいった。

うなずいて、有子は、頰をあからめていた。青年紳士は、微笑を浮かべている。落ちついていて、そのくせ、すこしも厚かましい感じがしなかった。紺のダブルがよく似合って、育ちの良さを思わせた。

「照子姉さまのお友達で、家にピンポンをしにいらっしたことが……。」と、有子が、栄一に説明した。

青年は、名刺を出した。日東工業の総務課勤務で、広岡良輔となっていた。

「そうでしたか。」

栄一も、自分の名刺を出して、

「娘が、いつも、お世話になって居ります。」

「いえ、こちらこそ。」

「よかったら、どうか、おかけください。」

「では、ちょっと。」

広岡は、腰をかけた。栄一も照子の友達だ、ということで、安心したらしかった。それに、広岡を一眼見ただけで、なかなか、立派な青年らしい、と見抜いていた。すくなくとも、今頃、そこらにうろうろしているような軽薄な青年ではないようだった。

「お嬢さんのお顔を覚えていたので、ご挨拶をしておこうと思ったのです。」

広岡は、有子のことを、お嬢さん、といってくれたのである。有子は、嬉しかった。

栄一も、満足らしかった。

「それはそれは。照子とは、親しくして頂いているのですか。」

「実は、友達の紹介で、三度ほど、お会いしただけです。それが、誘われるがままに、厚かましく、お宅へ伺ったようなわけなんです。」

「どうか、これからも、ぜひ、お遊びにいらっしてください。」

「有難うございます。」と、いってから、広岡は、口調をあらためて、「母がいっしょにいるのですが、お会いして頂けますか。」

そのことなら、すでに、有子も気づいていたのである。広岡のいた席に、五十年輩の上品な婦人がさっきから、ニコニコしながら、こちらを見ていた。

「どうぞ、どうぞ。」

広岡は、立って行って、母親に、何かささやいている。母親は、頷いて、こちらへ立って来た。

「良輔の母でございます。息子が、いつも、お世話になって居るそうで、有難うございます。」

「いや、こちらこそ。」と、栄一も、立って、挨拶を返した。

有子は、父にならって、丁寧に頭を下げた。両方とも、食事を終っていたので、お茶を飲むことにした。栄一は、広岡の父、日東工業の社長の名は、もちろん、知っていた。

「良輔が、家へ帰ってから、大変いいお嬢さまだ、とほめるんでございますよ。」

「とんでもない。大変なやんちゃ娘でございまして。もうすこし、お行儀をよくしないと、お嫁にもやれぬ、といってるんですよ。」

栄一は、笑いながらいった。

「近いうちに、あたしんとこへも、ぜひ、お遊びにいらっしてくださるといいんですけど。」

「そうですか。帰ったら、そう、いってやります。きっと、よろこぶでしょう。」

「いえ、このお嬢さんに。」

「えッ、有子のことだったんですか。」

「はア。」と、いってから、広岡の母は、息子の方を見て、「そうなんでしょう?」

「ええ。」

「これは、失礼。私は、照子のことだとばかり思っていたものですから。」

栄一は、思わず、笑い出してしまった。ほかの二人も、笑った。それで、この場の空気が和《なご》やかになった。が、有子は、笑えなかった。もちろん、広岡親子の自分に寄せられた好意は、嬉しいのである。東京へ出て来てから、はじめて味わった他人の好意である。しかし、その好意を受けることは、即ち、照子を押しのけることになりそうだ。照子は、この広岡が好きなのだ。有子には、照子の憤りの形相が、もう、見えてくるようであった。

「道理で、話が、すこし、とんちんかんだ、と思っていましたよ。」

そういって、栄一は、つつましく控えている有子を、見返した。広岡の母も、唇許に微笑を浮かべながら、有子を眺めている。そして、いちばん熱心に見つめているのは、広岡であった。

それがわかるだけに、有子は、なおさら、顔を上げられなかった。そんな有子の姿が、いっそう、広岡の母の瞳に、好ましく、うつったようであった。

やがて、広岡親子は、立ち上った。

「近いうちに、お迎えに上りますから。」

有子は、困ったように、栄一を見上げた。しかし、栄一は、すっかり、上機嫌になっていて、いいじゃアないか、と眼顔でいってから、

「ぜひ、お願いします。」

広岡親子が、去って行った。それを見送ってから、栄一は、

「有子は、まだ、都会なれがしていないから無理もないが、今のようなときは、もっと、はきはきとものをいった方がいいよ。」

「だって……。」

「どうしたんだ。お父さんは、有子が、広岡さんのような家庭へ出入りすることは、いいことだと思うんだよ。」

もちろん、有子だって、それを希望している。すくなくとも、朝から晩まで、家に

いて、女中の仕事ばかりをさせられているより、どんなに有難いかわからないのである。人生勉強にもなる。

しかし、有子は、やはり、いわずにはいられなかった。

「でも、お父さん。照子姉さんが、広岡さんをお好きらしいんですのよ。」

「ほんとうか。」

有子は、ピンポン大会の日のことを、隠さずに話した。

「そうだったのか。」

栄一の表情に、暗いものが現われて来た。

「だから、あたしが、広岡さんのお家へ行ったりするの、よくないと思ったんです。」

栄一はうなずいた。思い迷っている風であった。がそのあとで、

「まア、いいだろう。しかし、有子。それなら、さっきのことは、誰にも、黙っていた方がいい。」

「はい。」

「わしとしては、照子にも、有子にも、幸せになって貰いたいのだ。」

「……………」

「そして、今夜のようなことから、有子が、幸せを摑んでくれるといい、と思っていたんだが。」

しかし、そういう栄一の顔の暗さは、いぜんとして、消えていなかった。

二

一週間ほど過ぎた。有子は、相変らず、毎日、女中として働いている。しかし、今は、どんなに辛いことがあっても、寝る前に、三畳の女中部屋で、母親の写真を見ることによって、その辛さに耐えてゆけそうであった。

「お母さま、おやすみなさい。」と、いって、静かに瞼《まぶた》を閉じる。

あとは、その瞼の裏で、母のことをあれこれと、思い続ける。母と会う日のことを空想する。そして、いつか、一日の労働の疲れで、睡《ねむ》ってゆくのであった。

有子は、また、朝、眼が醒めると、枕許の母の写真に、

「お母さま、お早うございます。」と、先ず、挨拶をするのであった。

「今日一日、無事に過すことが出来ますように。」

が、それと同時に、

「お母さんもね。」と、いわずにはいられない。

そのあと、母の写真を、トランクの中にしまい込んで、有子の一日が、はじまるのである。

有子は、父といっしょに、銀座を歩いたことは、おじいさんにだけいってあった。

洋服と靴を買って貰った、と聞いて、おじいさんは、

「よかった、よかった。」と、心から、よろこんでくれたのである。

あのとき注文した洋服は、間もなく、出来上ってくる筈である。それを、栄一が、達子や照子が、不在の日を見はからって、内証で持って来てくれることになっていた。栄一にしても、同じ娘でありながら、有子の場合だけ、そういう特別な心づかいをしなければならぬことが、悲しいに違いなかった。悲しいことだけれども、そうすることが、家庭の平和を乱さぬ、一つの方法だ、と信じているのである。

八重が、

「照子さまが、お呼びですよ。」と、知らせた。

そのとき、有子は、洗濯物を物干竿にかけていた。その中に、照子のズロースも、まじっていた。照子は、ズロースすら、自分で洗おうとはしなかった。

「あら、お帰りになっていたの？」

「ええ、今。」

「ちっとも、気がつかなかったわ。でも、今日は、夕飯を外ですましてくる、といって、お出かけになったのにね。」

「なんだか、えらく、ご機嫌が悪いようですよ。」

「どうしてか知ら？」

「きっと、外で、嫌なことでも、あったんでしょうね。だから、早く、いらっした方がいいですよ。あとは、私が、いたしますから……。」

「では、お願い。」

有子は、大急ぎで、二階へ上って行った。しかし、彼女は、照子の部屋へ行くことが、好きではなかった。いつでも、痛烈な皮肉をいわれたりする。だから、気が重かった。

有子は、照子の部屋の扉にノックをした。

「誰？」と、中から、照子がいった。

「私、……有子でございます。」

「おはいり。」

有子は、扉を開いた。中で、照子は、煙草を吹かしていた。外出着のままだった。が、八重がいったほどには、機嫌が悪くないようだった。いや、機嫌が悪いどころか、ニコニコしながら、

「そこへ、おかけ。」と、いったのである。

この家へ来てから、こんな愛想のいい顔を見せられたことは、一度もなかった。その点、寧ろ、気味が悪いくらいであった。しかし、有子は、やはり、嬉しかった。照子も、自分に対する反感も、漸く、忘れてくれたのかも知れない。そう思うだけで、

胸が熱くなってくるくらいであった。

「あんたも、毎日、大変でしょう？」

「いいえ。」

「本当に、あんた、えらいわ。」

「とんでもございません。一向に、お役に立たないで。」

「謙遜しなくてもいいわよ。」

「あら、謙遜だなんて。」

「ところで。」と、照子は、ちょっと口調を変えるようにして、

「あんた、なにか、あたしに隠していることがない？」

「と、申しますと？」

「自分で、考えてごらんなさい。」

とたんに命令口調になって、照子は、じいっと、有子を見つめた。有子は、閃めくように、

（お父さまと銀座を歩いたことか知ら？）と、思った。

それ以外には、考えつかないのである。あの夜、父といっしょに帰ったときには、達子も照子も、まだ帰宅していなかった。そして、父も、黙っていた方がいい、といったのである。

有子は、困惑していた。照子は、

「ない、というのね。」

「はい……。」

有子は、心弱く、そう、答えた。照子は、吐き出すように、

「この嘘つき！」

「まア。」

「あんた、この前、お父さんと銀座へ出たでしょう。」

やっぱり、そのことであったのかと、有子は、うなだれた。

「はい。」

「それだけじゃアないわ。広岡さんに会ったでしょう？」

「はい。」

「どうして、それを、今日まで、黙っていたの？」

「うっかりしていました。」

「いいえ、後暗いからでしょう？」

「まア。」

「何よ、その白白しい顔！　あんたは、広岡さんを好きなんでしょう？　そして、あたしから、広岡さんを横盗りしようとしているんでしょう？」

「そんなこと……。」

「ううん、そうにきまってるわ。でなかったら、どうして、広岡さんの家へ遊びに行く約束なんかしたのよ。」

「それは……。」

「やっぱり、横盗りしたかったからでしょう？　この盗人！」

有子は、キッとなって、照子を見た。が、照子は、最早、すっかり、ヒステリックになっていた。

「ほしければ、あんな男ぐらい、いくらでもあげる。あたしは、あんな男なんか、ただ、ちょっと、遊んでやるつもりだったんだから、ノシをつけてあげるわ。」

「いいえ、違います。」

「お黙り！」

照子は、憎憎しげに、有子を見て、

「そのかわり、あたし、今日、広岡さんに、何も彼もいってやったわ。あんたが、どういう素性の女であるか。」

「……………」

「広岡さん、あきれていたわ。軽蔑していたわ。あたりまえのことよ。それでも、横盗り出来たらしてみるといいわ。」

有子は、ただ、唇を噛みしめていた。

「卑怯者。もう、顔を見るのも嫌だわ。帰って！　出て行って。」

こうなったら、最早、いくら弁解しても無駄なのだ。有子は、我慢しよう、と思った。

「失礼します。」

有子は、静かに、頭を下げて、この部屋から出て行こうとした。

「お待ち。」

うしろから、照子が、追って来た。有子は、振り向いた。

「お前なんか、この家の恥さらしだわ。」

次の瞬間、照子の右掌が激しく動いて、有子の頬で、パシッと音を立てていた。有子は、よろめいた。カッとなった。突き飛ばしてやりたかった。しかし、有子は、それをするかわりに、黙って、この部屋から出て行った。その背後から、照子の狂気じみた高笑いの声が聞えていた。

三

その夜、栄一が帰宅したのは、会社の宴会があったとかで、十時頃であった。そして、夫婦の間に、大口論がおこなわれた。

有子は、自分の部屋に入っていた。が、ときどき、甲高い達子の声が、聞えてくる。

「あなたは、照子と有子のどっちが可愛いいのですか。」

それに対する栄一の声は、聞えなかった。

「……だったら、どうして、内証になさったんですか。」

「本当なら、有子なんか、この家におけないところですよ。」

「たとえ、広岡さんから、お誘いがあっても、私は、絶対に出しませんからね。」

それに対して、栄一は、なにか、強くいったようだ。

「いいえ、許しません。あの娘は、女中です。女中に、そんなわがままは、許しません。女中だからこそ、この家においてあるのです。女中だと思えばこそ、あたしは、我慢に我慢を重ねているのです。」

有子は、もう、耳をおおいたいくらいであった。このまま、この家から、飛び出して行きたい。一方、自分のために、達子にやりこめられている父の姿が、眼の前に浮かんで来て、気の毒でならなかった。

そっと、入口の戸が、開かれた。振り向くと、弘志であった。

「入ってもいい?」

「いいわ。」

「おや、お姉さん、泣いていたの?」

「あら、どうして？」

「だって、眼が濡れているよ。」

有子も、そのときになって、はじめて、自分が、知らず識らずの間に、涙を流していたことに気がついた。ぐっと、胸が緊めつけられてくる。

「おかしいわね、どうしてか知ら？」

有子は、わざと、笑ってみせた。

「お父さんとお母さん、喧嘩してるよ。」

「あたしが悪いからよ。」

「そうかなア。」と、弘志は、信じられぬようにいってから、「おねえさん、照子姉さんに殴られたって、ほんと？」

「誰が、そんなことといった？」

「さっき、僕、お兄さんの部屋へ行っていたんだ。そうしたら、照子姉さんが入って来て、あんまり生意気だから殴ってやった、といっていたよ。」

「そう……。」

「だから、僕は、嘘だい、といってやったんだ。」

「あら、どうして？」

「だって、照子姉さんより有子姉さんの方が、ずっと強いだろう？　僕でさえ、負けたくらいだから、照子姉さんに勝てる筈がない、といったんだ。そうしたら、照子姉さん、とても、憤ったよ。ねえ、殴られたなんて、嘘だろう？」

「いいえ、ほんと。」

その殴られた頰の痛さが、まだ、残っている思いであった。

弘志は、不満そうに、

「じゃア、どうして、殴り返してやらなかったの？」

「あたしが、悪かったんですもの。」

「ふーん。だけど、お兄さんは、あんまりバカな真似をするな、といっていたよ。」

「そう……。」

「すると、照子姉さんは、ううん、これから、もっともっと、いじめてやる、といっていたよ。だから、お姉さん、気をつけた方がいい。」

「ありがとう。」

「僕、いつでも、お姉さんの応援をしてやる。」

「だって、照子さんは弘志さんの本当のお姉さんじゃアありませんか。」

「そうさ。でも、僕は、照子姉さんが、あんまり好きじゃアないんだ。威張ってばかりいて、僕の宿題、ちっとも見てくれないんだもの。」

「宿題なら、あたしが見てあげます。」

「だから、僕は、有子姉さんの方が、大好きなんだ。」

「弘志さんに、そんな風にいわれると、嬉しいわ。」

「お姉さんだって、僕が好きだろう?」

「ええ、大好き。」

「だと思っていたんだ。」

弘志は、得意そうに笑った。そういう弘志を見ていると、有子は、抱き緊めてやりたいほど、可愛くなってくるのである。

しかし、この弘志とも、一体、いつまで、いっしょにいられるのであろうか。自分がいるばかりに、この家に波風の絶え間がない、としたら、有子は、辛いばかりである。この辛さは、女中奉公の辛さとは、格段の相違がある。身を切られるような思いであった。

(しかし、あたしには、何処へも行く処がないんだわ)

とすれば、どんなに辛くても、その日その日を、我慢して過すより仕方がないのである。それが、自分のような不幸な星の下にうまれた者の宿命と思うべきなのであろうか。

有子は、その夜は、母の写真を胸にいだきしめながら寝た。

四

ある日、達子がいった。

「有子さん、毎日、よく、働いてくれるわね。」

かつて、こんな風にいわれたことがなかった。有子にとって、正直なところ、こんな猫撫声《ねこなでごえ》は、かえって、薄気味悪いばかりであった。照子に殴られたときも、彼女は、はじめ、このように優しくいったのだ。黙っていると、更に、達子が、

「今日は、午後から休暇をあげますよ。」

「まア。」

「どこかへ、遊びに行っておいで。」

有子は、夢のような気がした。

「遠慮しなくてもいいんだよ。三百円あげるからね。これで、映画でも見て、ついでに、晩ごはんを食べてくるといいよ。」

「はい。」

「行くんなら、早く行った方がいいよ。そのかわり、気をつけて、行ってくるんだよ。」

達子は、どこまでも、やさしかった。有子は、このやさしさを、素直に受け入れよ

うと思った。このことを知って、八重は、喜んでくれた。

「銀座へ出て、それから、有楽町で、映画をご覧になるといいですよ。」

八重は、紙きれに、銀座への道順と有楽町へ出る地図を書いてくれた。

有子は、仕度をするため、自分の部屋へ入った。父につくって貰った洋服も靴もあった。しかし、そのことは、まだ、達子たちには内証にしてある。今、その洋服と靴で外出したら、またまた、先日のようなことが起るかも知れないのだ。それでは、父を苦しめるだけだ。有子は、田舎から持って来た洋服を着、靴をはいて行くことにした。

おじいさんの部屋へ挨拶に行くと、

「そりゃアよかった。では、おじいさんも、お小遣をあげよう。」と、三百円をくれた。

有子は、外へ出た。解放感が、身うちに溢れるようであった。

「ああ、青空だわ。」

いったい、何日振りで見る青空であろうか。まるで、東京へ出て来てから、はじめて見る青空のような気がしていた。見上げていると、愉しくなった。何か、気が遠くなりそうな思いである。

有子は、歩きはじめた。が、気がつくと、向うの方に、黒い雲が動いていた。せっかくの青空を、塗りつぶすように、こちらへ動いてくる。

有子は、不安を覚えた。その黒い雲が、悪いことが起る前兆のような気がしてならなかった。

チョコレート

一

有子は、銀座を歩いていた。この前、父と歩いたときのことなどが、思い出されてくる。が、しかし、そのうちに、ハッと気がついたことは、すれ違う四十歳前後の婦人の顔ばかりを、熱心に見ている自分なのだ、ということだった。もしや、母が、歩いていないかと、それのみに関心を寄せている自分なのだ、ということだった。

有子にとって、あの古ぼけた、二十年前の母の写真だけが、唯一のたよりなのである。かりに、母が、自分の前に立ったところで、それとわかるかどうか覚束ない。母にしても、今の有子を見て、すぐこれが自分の産んだ娘なのだ、とは気がつかないだろう。とすれば、すれ違ったとしても、お互いにそれと知らずに、ふたたび、遠くへ離れて行くことになる。すでに、そういうことが、あったかも知れない。

「ああ……。」

有子は、胸を苦しくした。しかし、そのあとで、自分で自分を、叱咤《しった》激励するように、

「いいえ、わかるわ。こうやって、熱心に探していたら、きっと、わかるわ。いつかは、会えるに違いないわ。」

空いちめんに、暗い雲が、広がっていた。今にも、雨になりそうで、かろうじて、降らずにいる、といった気配だった。

さっきまで、有子は、映画を見ていたのである。そろそろ、腹が空いていた。おじいさんに貰った三百円が、そのまま、残っている。今日は、腹いっぱいに食べたかった。いつもは、達子の眼が光っているような気がして、腹八分で、やめているのだった。

銀座に灯が点きはじめた。ネオンサインの色も、暗くなるにしたがって、刻一刻と冴えてくる。有子は、家のことを思うと、このまま帰らずに、どっか遠くへ行ってしまいたいような気分だった。

「……、小野さん。」

うしろから、呼びかけられたような気がした。振り向くと、

「ああ、やっぱり、そうでしたね。」

そういって、広岡が、懐かしそうに、近寄って来た。

「あら。」

有子は、仄かに頬をあからめた。

「おひとりですか。」

「はい。」

「よかったら、そこらで、お茶でも飲みませんか。」

「でも……。」

「ぜひ、お話したいことがあるんです。しばらくでいいんです。」

そうまでいわれると、有子も、それ以上、嫌とはいえなかった。広岡は、有子が、承諾のしるしにうなずいたのを見ると、有難う、といった。

広岡が連れて行ってくれた喫茶店は、西銀座の上品な店であった。そんなに混んでいなかった。二人は、窓際の席に向い合って腰を掛けた。

「コーヒーでいいですか。」

「はい。」

広岡は、給仕に、コーヒーとケーキを注文した。有子は、黙っていた。が、こんな

ところを、照子に見られたら、それこそ、どういうことになるか知れない。そして、その照子は、すでに、この広岡に自分のことを、何も彼も喋っているのだ、と思い出した。広岡が、軽蔑していた、という。が、目前の広岡には、そういうところはすこしもなかった。あくまで、折目正しく、有子を軽んじているようには感じられなかった。

コーヒーとケーキが来た。

「どうぞ。」

「ご馳走になります。」

有子は、空腹だったし、遠慮しないでコーヒーを飲みケーキを食べた。

二

「今日、僕の母が、お宅へ行っていること、ご存じでしょう?」

「いいえ。」

有子は、顔をあげて、広岡を見た。

「おかしいなア。」

「あたし、お昼過ぎに家を出ましたの。だから、そのあとで、いらっしゃったのだ、と思います。」

「なるほど。しかし、母は、午前中に、今日の午後、あなたのことでお伺いします、というお電話をしている筈なんですよ。」

「あたしのことで?」

「そう。」

「照子姉さんのことで、の間違いではありませんの。」

「とんでもない。僕は、ああいう元気過ぎる女性は、苦手です。」

「半ヵ月程前に、銀座で、お会いになったんでしょう?」

「ええ、今日のように、偶然に。しかし、僕の方が、呼びとめられたんです。」

「あたしのこと、お聞きになったんでしょう?」

「聞きました。いろいろ、あのひとといってましたが、要するに、あなたのお母さんが違う、ということと、そして、今は、女中のようにしていなさる、ということでしょう?」

「ええ。」

「今日、母が、お伺いしたのは、はっきりいいますが、僕とあなたに、結婚の前提としてのご交際を許して頂きたい、ということだったのです。」

有子は、しばらく、広岡の顔を見つめていてから、

「お母さまは、あたしの母のことなど、ご存じですの?」

「もちろん、父も知っています。正直にいいますが、そのことが一応、問題になりました。しかし、母も、一度、あなたにお会いして気に入っているし、結局、僕の主張が通ったのです。」

有子は、信じられぬような気がしていた。が、広岡の顔は、嘘や、冗談をいっているのでないことは、たしかであった。

（自分さえ、その気になったら、このひとと結婚できるのだ）

そして、そのことは、まるで、地獄の思いのするあの家から出られる、ということなのである。

有子は、照子の顔を、思い浮かべた。かりに、そうなったら、あの照子は、どんな顔をするだろうか。広岡を横盗り出来たらしてみるといいわ、といっていた。だから、その通りにしてやったらいいのである。恐らく火のような毒舌を吐き、地団駄を踏んで、口惜しがるだろう。いい気味なのである。

しかし、有子は、今にして、今日、母が、急に、自分を家から出した理由が、わかったような気がした。

（お母さんは、反対なのだ）

達子は、広岡の母に、有子を会わしたくなかったのに違いない。一切を、有子の耳にいれないで、断わってしまうつもりなのだ。

有子の心は、そこに思いいたると、憤りを覚えた。

しかし、達子は、照子の気持を知っていて、そうしたのだ、と考えれば、それは無理からぬことでもあると、有子にわかっていた。

「これから、ときどき、僕と会ってくれますか。」

「母が、許してくれないと……。」

「だから、そのために、僕の母が、お宅へ行ったんですよ。」

「でも、今のあたしは、女中なんですわ。恐らく、そんなわがままは、許されないだろう、と思います。それに……。」

「それに？」

「照子姉さまが、広岡さんを大好きなのですわ。」

「冗談じゃアない。僕は、ごめんです。」

「あたし、そろそろ、失礼しなくっちゃア。」

「僕、お送りしましょう。」

「そんなことをしたら叱られます。」

「家の近くまでだったら、いいでしょう？」

しかし、有子は、断わった。広岡は、残念そうであった。が、彼は、悪強《わるじ》いはしないで、あっさりといった。

「では、今日は、あきらめます。そのかわり、この次には、ぜひ、送らせてください。」

有子は、それまで、嫌とはいえなかった。しかし、恐らく、今後、そういうチャンスはないだろう、と思っていた。達子が、二人の交際を許す筈がないのである。しかし、あるいは、案外、それこそ、邪魔者は追い出せ、という気持から、積極的に許すかも知れないのだ。

（もし、許されたら……）

有子の気持が、弾《はず》んだ。が、そのあと、彼女は、

（あたし、広岡さんが、好きになれるかしら？）

と、考えた。

育ちもいいし、好青年である。が、今のところは、好きでも、嫌いでもないのだ。それは、当然のことであろう。が、問題は好きになれるか、という点にある。結婚の相手として、広岡を眺めたことは一度もないのだ。広岡の妻になり、彼の子供を産み、育てることに欣びを感じるようになれるかどうか、ということが、いちばん、大切なのである。

地獄の家から出られる、というだけで、有頂天になってはいけないのだと、有子は、自分をいましめていた。そういうことは、自分を大切にすることではない。寧ろ、そ

の逆なのである。

有子は、広岡と別れてからも、そんなことを考えていた。彼女は、ざるそばを二つも食べた。もっと、食べたかったが、それでは、店の人に恥ずかしいような気がして、思いとどまった。

その店を出たのは、六時半過ぎであった。そろそろ、家へ帰らねばならぬ。有子は、電車通りの向う側の方を、何気なく見て、

「あッ。」と、ひくく叫んだ。

二見桂吉なのである。はっきりとはわからぬが、その横顔は、高校の図画の先生をしていた二見桂吉に、間違いがないように思われた。

有子は、向う側へ渡ろうとした。が、一歩、車道に出ると、次次に、自動車が走って来て、彼女の行手を遮ぎった。有子は、眼の一方で、二見の後姿を追いながら、早く渡ろうといらいらしていた。

右往左往しながら、有子は、やっと、向う側へ、たどりついた。が、その頃には、もう、二見の姿は見えなくなっていた。彼女は心の中で、

「先生、先生……。」と、いいながら、大急ぎで、しばらく、人混みの中を歩いてみた。

しかし、とうとう、二見の姿を探し出すことはできなかった。有子は、ガッカリし

た。が、そのあと、

（二見先生が、東京へ来ていなさるんだわ）

と、思うことで、何か元気づけられるような気がした。

三

有子は、家へ帰ると、すぐ、達子の前に、きちんと坐って、

「ただ今、帰りました。」

「そう。」

達子は、そういっただけで、顔も上げなかった。

「有難うございました。」

達子は、うるさそうに、うなずいただけである。留守中に、広岡の母が来たことには、触れようとはしなかった。

（やっぱり……）

有子は、自分の予感が当ったのだ、と思った。そのまま、おじいさんの部屋へ行った。おじいさんは、座椅子にもたれて、ラジオを聴いていたが、有子の顔を見ると、

「おお、帰って来たか。」と、嬉しそうにいった。

「迷い子にならないか、と心配していたんだよ。」

「大丈夫よ。あたしだって、もう、大人なんですもの。」

ついでに、だからこそ、広岡から縁談があったのだ、と話そうか、と思ったが、それはやめて、

「はい、お土産。」と、板チョコレートを、一枚出した。

有子は、それを三枚、買って来たのである。あとは、弘志と八重にやるつもりだった。

「そうか、お土産を買って来てくれたのか。どうも、有難う。」

「お小遣をいただいたからよ。」

「有子、一所懸命に働いていたら、また、遊びに出して貰えるよ。」

「そうね。」

「我慢出来そうかね。」

「はい。」

「わしは、毎日、そのことばかりを心配しているんだよ。」

「あたしのことなんか、心配なさらないで。」

有子は、ほんのしばらく、見て来た映画の話をして、おじいさんの部屋を出た。台所へ行って、八重にも、板チョコレートを一枚やった。

「すみませんね。愉しかったですか。」

「ええ、とっても。」

そういってから、有子は、やはり、聞かずにはいられなかった。

「お昼、広岡さんのお母さまが、お見えになりませんでして？」

「いらっしゃいましたよ。どうして、ご存じですの？」

「ちょっと……。あたし、着換えてから、すぐ、お手伝いします。」

「あら、今夜は、もう、いいんですよ。」

有子は、自分の部屋の方へ歩いて行った。出会頭《がしら》に、弘志に会った。

「はい、お土産。」

「わッ、凄い。」

そのあと、弘志は、声をひそめて、

「照子姉さんが、お姉さんの部屋に入っていたよ。」

「いつごろ？」

「僕が学校から帰って来たとき、出て来たんだ。」

「そう……。」

有子は、急いで、自分の部屋の戸を開いた。そして、顔色を変えた。何故なら、せっかくしまっておいた父に買って貰った洋服と靴が、部屋の中に、放り出してあったからである。うしろから、ついて来た弘志も、

「ねえ、そうだろう?」

有子は、唇を噛みしめるようにして、立っていた。いったい、なんの必要があって、また、なんの権利があって、こういうことをするのか。そのうちに、トランクの中まで、見られているような気がした。咄嗟に、頭に閃めいたのは、母の写真のことだった。有子は、急いで、トランクを開いた。

「ないッ。」

毎晩、出して、朝、トランクの中のいちばん上においておくのだ。それが、ないのである。たった一枚しかない母の写真なのだ。彼女は、真っ青になって、呼吸をつめた。血の流れが、とまったような気がした。

「照子姉さんが、取って行ったんだわ。」

いったん、とまったようになっていた血が、こんどは、逆流し始めたような思いだった。同時に、激しい憤りが、こみ上げて来た。ほかのことは、どんな我慢でもする。しかし、母の写真を盗まれることだけは、絶対に我慢出来ない。

「どうしたの?」と、弘志がいった。

「あたしのいちばん大切なものが、なくなっているのよ。」

「なに?」

「あたしを産んでくれたお母さんの写真。」

「そんなに大切なの？」

「あたしにとって、いのちの次に大切なんだわ。」

「きっと、照子姉さんだよ。」

「照子姉さん、いま、お部屋？」

「うん。」

「お父さんは？」

「まだ、会社から帰ってこない。」

「お兄さんは？」

「まだ。」

有子は、立ち上った。

「どこへ行くの？」

「照子姉さんのお部屋へ。」

「僕もいっしょに行こうか。」

有子は、ちょっと、考えていてから、

「いいわ、あたし、ひとりで行くから。そのかわり、照子姉さんが、この部屋へ入った覚えがない、といったら、弘志さん、証人になってね。」

「いいよ。」

有子は、二階へ上って行った。照子の部屋の前で、落ちつかねばならぬ、と深呼吸をした。彼女は、いま、自分が、容易ならぬ事態に直面しなければならぬのだ、と知っていた。相手は、照子なのだ。おだやかに、母の写真を返してくれるとは、思われなかった。胸を刳《えぐ》る悪罵、皮肉、それを覚悟しなければならぬ。しかし、母の写真を返して貰うまでは、堪え難きに堪えねばならぬ、と自分にいい聞かせていた。

有子は、ノックをした。

「誰？」

中から、照子の声が聞こえた。

「有子です。」

何か、ギョッとしたらしい中の気配が、有子に感じられた。暫くの沈黙の後、

「なんの用よ。」

「すこし、お聞きしたいことがございますのですが。」

「後にして。」

「ほんのちょっとでいいんです。お願いします。」

「うるさいわね。入っておいで。」

有子は、扉を開いた。

四

照子は、三面鏡の前に腰をかけていた。振り向かないで、鏡の中で、有子を見た。が、その照子の顔は、どこかに、狼狽《ろうばい》の色をひそめていた。そして、その狼狽の色をかくすために、逆に、わざと、ふてぶてしくなって行った。

「今日、あたしのお部屋へ、お入りになったでしょうか。」

「知らないわ。」

「でも、弘志さんが、それを見た、とおっしゃっていますが。」

照子は、舌打ちをして、こんどは、高飛車に出た。

「お前、あの洋服や靴は、いったい、どうしたのよ。」

「お父さまに、買って頂きました。」

「何故、それを、あたしにいわないの？」

「いう必要がない、と思ったからです。」

「必要がない？」

「はい。」

「女中の癖に、生意気だわ。」

「でも、あたしにとっても、お父さまでございます。洋服や靴を買って頂いても、おかしくはない、と思っております。」

「まア、厚かましい。」

「どうか、母の写真を返して下さい。」

「そんなもの、あたし、知らないわ。」

「そんなこと、おっしゃらないで、お願いします。」

「うるさいわね。あたしが、お前の母の写真を、盗んだというの？」

「盗んだなんて、申しておりません。けさ、あったのに、なくなっているのでございます。」

「だからといって、どうして、あたしにそんなことというの？　あたしが盗んだ、という証拠があるの？」

「でも、あたしの留守中に、あの部屋へお入りになったのでございますから。」

「そりゃア、あたしが、お前の主人だからよ。主人が、女中の部屋を調べるのは、当然のことよ。だけど、あたしは、けがらわしいお前の母の写真なんか、知らないわ。」

「お願いします。」

有子は、頭を下げた。

「まだ！　お前は、あくまで、あたしを盗人扱いにするつもりなの？　お母さんを呼ぶわよ。」

「お願いします。」

「しつっこいわね。早く、お帰り。あたしは、お前の顔なんか、見るのも嫌なんだから。あたしだけではないわ。家中の者が、みんな、そうなのよ。お前が来てから、この家に、波風が絶えないんだわ。お前なんか、出て行ったらいいんだ。」

照子は、憎憎しげにいった。その瞳には、憎悪の光が、ギラギラとかがやいていた。

「もし、お前が、この家から出て行く、と約束をしたら、写真を返してやってもいいわ。」

「…………」

「どう、約束する？」

有子は、今こそ、自分が、この家にいるべき人間ではないのだ、とはっきり自覚しなければならなかった。かねて、感じていたことではあった。が、ここまで追いつめられては、その決心を固めるより仕方がないのである。

（しかし、この家を出て、あたしは、どこへも行くところがないんだわ）

それを思うと、家を出て行く気持も、くじけてくるのである。おじいさんのことも心配であった。

「約束する？　でなかったら、写真を返してやらない。」

「約束します。」

有子は、きっぱりといった。

「本当だね。」

「はい。」

「ただし、黙って、出て行くんだよ。お父さんやおじいさんにいわないで、出て行くんだよ。」

有子は、頷いた。母の写真を取り戻すためには、今は、どんな犠牲をも忍ぼう、と思っていた。

「誓うね。」

「誓います。」

「そんなら、返してやるわ。」

照子は、勝ち誇ったようにいった。そして、立ち上ると、机の前へ行って、曳出しの中から、写真を取り出した。有子は、思わず、近寄って、手をのばした。が、照子は、わざと、じらすように、すぐにはくれず、しばらく、写真を眺めていたが、ふん、とせせら笑って、

「二号になりそうな、顔をしているわ。」

「あたしの母を、侮辱なさるんですか。」

有子は、鋭くいった。照子も、負けていずに、

「こんな女、いくら、侮辱されたって、仕方のないことをしているんじゃないか。」

「それ以上、おっしゃったら、あたし、許しませんことよ。」

「許さない？」

「そうですわ。」

有子は、詰め寄るようにいった。

次の瞬間、照子は、写真を、ピリッと二つに引き裂いていた。

「あッ。」

有子は、自分が切り裂かれるような悲痛な叫びをあげた。

半日の幸せ

一

有子は、物ごころがついてから今日までに、これほどの憤りを感じたことはなかった。これほど、憎らしい、と思った相手もなかった。

この憎しみと憤りをこめて照子を見つめる有子の瞳は、火のように燃え上っていた。照子は、二つに引き裂いた写真を、更に、四つに引き裂こうとして、その有子の瞳に気がついた。流石《さすが》に、ギョッとなったようだ。ひるむものが、彼女の面に現われた。

照子は、写真を投げ捨てると、

「そんなにほしかったら、持ってお帰り。」と、ふてくされたようにいった。

有子は、写真を拾い上げた。幸いに、顔の辺は、裂かれていなかった。が、有子の憤りは、すこしも鎮まらないのである。有子は、唇を噛みしめるようにして、二つに裂かれた写真を見つめていた。

「さっさと、お帰りよ。」

照子は、憎らしげにいった。

有子は、顔を上げた。真ともから、射るように、照子を見た。照子なんか、殴りつけてやりたかった。ヒイヒイと悲鳴をあげさせてやりたかった。自分が、本気になったら、それくらいのことは出来るのだと、有子は、知っていた。

しかし、有子は、かろうじて、それを思いとどまった。

そんなことをしたら、却って、自分が醜態になるとわかっていたからだった。更に、照子は、今や有子の凄じい気魄に、すっかり、脅えていることがわかったからでもあった。

彼女は、今一歩、有子が近づいたら、恐らく、

「お母さん！」と、叫んで、逃げ出すに違いない。

それでもいいのだ。そのあとに、どんな大騒動が起ろうが、いったん、この家から出よう、と決心した有子に、問題ではないのである。ついでに、達子に対しても、怨みの一言をいってやることも出来るのである。

しかし、そういうことをしたら、結局、あとで困るのは、父であり、おじいさんなのだ。そこに思いいたると、有子は、黙って、踵《くびす》を返した。

照子は、ホッとした。すると、彼女は、また、いわずにはいられなくなった。

「お待ち。」

有子は、扉のところで、振り返った。

「お前、さっきの約束を、忘れないだろうね。」

「………」

「黙って、この家から、出て行くことだよ。」

「出て行きます。」

「いつ？」

「今夜中に。」

有子は、きっぱりといって、扉の外へ出て行った。うしろで、照子が何か、毒舌を

浴びせかけたようであったが、有子は、もう、振り向きもしなかった。

部屋の外に、弘志が、心配そうな顔で、立っていた。

「どうだった？」

「有りがとう。貰って来たわ。」

有子は、笑顔を見せた。が、この少年とも、今夜限りで、別れねばならぬのである。

「弘志さん、お休みなさいね。」

「うん。」

そういってから、弘志は、遠慮しいしい、

「宿題を見てくれない？」

「いいわ。」

弘志は、算数の宿題を持って、有子の部屋へ入って来た。有子は、いつもより、丁寧に、それを見てやった。そして、もし、自分が、この家を出たら、いったい、今後、誰が、弘志の宿題を見てやるのだろう、と思った。自分も可哀そうだが、弘志も可哀そうなのである。

宿題を見てやってから、有子は、弘志にセロテープをすこし貰った。彼女は、ひとりになると、そのセロテープで、裂かれた母の写真を継ぎあわした。有子の瞳から、はじめて、涙があふれて来た。それは、こらえにこらえていた涙が、そのときになって、堰《せき》を破ってあふれ出たようであった。

照子とは、今夜中に、家を出る、と約束した。有子は、その約束を実行するつもりでいた。

父は、まだ、帰っていない。せめて、父に、この家を出る理由をいってから、出て行きたかった。いや、父がいなくても、おじいさんがいる。だから、おじいさんにいってもいいのである。

しかし、かりに、おじいさんにいったら、恐らく黙ってはいまい。きっと、引きとめるだろう。引きとめないとしても、自分もいっしょに出る、というかも知れない。が、その結果はどうなるのだ。かえって、父とおじいさんを困らすだけであろう。この家の平和を、ますます、乱すだけである。

（やはり、誰にも、黙って、この家から出て行こう）

それが、照子への約束でもあった筈だ。そして、その約束をそのまま実行に移すことは、有子の照子への意地を通すことにもなるのである。

が、そう決心したあとで、この家を出ても、自分には行くところがないのだ、ということが、あらためて、有子の心を真ッ暗にした。心細くなってくる。いっそ、恥を忍んで、憤りを隠して、照子に詫びてみようか。そうも思った。しかし、母の写真を見つめているうちに、有子は、やはり、この家を出よう、と決心した。出るべきなのだ、と思った。

この家にいる限り、母との再会は、むずかしいかも知れぬ。が、外へ出たら、あるいは、偶然のチャンスから、母に会えるかも知れないのである。今や、有子にとって、母との再会は、偶然のチャンス以外に、たよりにならないのであった。

有子は、荷造りをはじめた。荷造りといっても、彼女の持ち物は、トランクの中に入ってしまうくらい、簡単なのであった。

二

有子は、その夜は、殆んど、一睡もしなかった。そして、空が薄明るくなる頃に、裏口から、音を忍ばせて、出て行った。

どんよりと曇っていた。が、有子の心の中には、雨が降っていた。いや、あらしが吹きまくっている、といった方が当っていようか。しかし、有子は、どんなに雨風でも、その雲の彼方に、青空のあることを信じよう、と努めていた。

一丁ほど歩いてから、有子は、家の方を振り返った。

「おじいさん、さようなら。」

「お父さん、さようなら。」

置手紙一つ、してこなかったことが、心残りであった。しかし、たとえ、置手紙をして来たところで、それが、父や、おじいさんの手に渡る、という保証はないのである。

有子は、電車道へ出た。まだ、電車は、通っていなかった。

「……どこへ行こうか。」

この広い東京に、今夜から、自分の泊まる家がないのだ、ということを、またしても、痛感しないではいられなかった。

が、その東京は、まだ、寝静まっていた。街燈だけが、点点として、並んでいた。そして、その街燈だけが、有子を見まもってくれているようであった。

そのとき、有子は、閃めくように、瀬戸内海の見える田舎の町のことを思い出した。そして、あの岡田の小母さんは、有子が東京へ発つとき、駅まで見送りに来てくれて、

「東京が嫌になったら、いつでも、この町に帰っておいで。あんた一人ぐらいは、何んとでもしてあげられるからね。」

と、いってくれたのである。

(そうだわ、今のあたしが行けるところは、あの田舎の町しかないんだわ)

有子は、そう、決心した。

娘一人が、アテもなしに東京にいたら、どんなになるか、有子は、それを恐れてもいたのである。

せめて、昨日、ちらっと見た二見桂吉の住所でもわかっていたら、そこへ訪ねて行って、相談するのだが、しかし、それも不可能なのである。

有子は、東京駅の方へ向って、歩きはじめた。空は、明るくなって来た。電車が通りはじめた。牛乳屋が走っている。新聞配達の姿が見えて来た。東京は、ようやく、朝の活動を開始したのである。

有子は一時間ほどかかって、東京駅まで歩いた。電車に乗ることも考えたが、こうなったら、田舎までの汽車賃が心配だし、その後のことを思うと、たとえ、一円でも、無駄な金は、つかいたくなかった。

それにもまして、こうやって歩いていることが、そのときの彼女の悲痛な心理状態に、ぴったりとマッチするものがあったことも事実であった。有子は、歩きながら、今の気持を、恐らく、十年後、二十年後、いや、一生、憶えているに違いあるまい、と思った。が、その十年後、二十年後に、いったい、自分は、どうなっているだろうか、ということも、考えてみずにはいられなかった。

そして、また、有子は、歩きながら、

(雨ニモ負ケズ)

(風ニモ負ケズ)

と自分を励ますようにいっていた。

流石《さすが》に、東京駅の中には、たくさんの人がいた。みんな、忙しそうにしている。有子は、空腹だった。が、やはり、お昼まで、我慢しよう、と思った。有子は、発車の時間表を見上げていた。そのとき、うしろから肩を叩かれた。同時に、

「小野君。」と、呼ばれた。

おどろいて、振り向くと、二見桂吉が、笑いながら立っていた。

「まア、先生ッ。」

有子は、思わず、叫ぶようにいった。

三

「……そうだったのか。」

二見は、唸るようにいって、痛ましげに、有子を眺めた。

「しかし、今日まで、よく、我慢したよ。そして、君が、家出を決心したのも無理じゃアない。」

二見は、有子が、朝食をぬかしていることを知り、食堂へ連れて行って、コーヒーと、トーストを取ってくれた。二見もまた、同じ物を食べた。

「あたし、ゆうべ、ちらっと、先生を銀座で見ましたのよ。」

「どうして、声をかけてくれなかったんだ。」

「だって、追ったんですけど、見失ったんですもの。」

「しかし、僕は、君ンとこへ、二度も葉書を出したんだよ。」

「あたし、見ていませんわ。」

「じゃア、途中で、没収されたんだろう。君の話を聞いていると、ありそうなことだ。とにかく、今頃、ひどい家もあったもんだ。で、これから、田舎へ帰るのか。」

「あたし、ほかに、行くところがないんですもの。」

「でも、本当は、東京にいたいんだろう?」

「はい。」

二見は、しばらく、考えていてから、

「実は、僕は、これから、会社の用事で、大阪まで行くんだ。三、四日で帰ってくる。帰って来てから、今後のことについて相談するとして、それまで、僕のアパートにいないか。」

「先生、かまいませんの?」

有子は、声を弾ませた。

「かまうも、かまわないも、君は、僕の教え子だ。僕としては、教え子の窮状を見て、放っとくわけにはゆかん。」

「先生、お願いします。」

「いいとも。」

「あたし、どこかへ、お勤めがしたいんです。そして、勤めながら、母を探したいんです。」

「わかった。これが、僕のアパートの鍵だ。それから、管理人には、僕の名刺に、君のことを書いておくから、それを渡したら、怪しまれないだろう。」

「あたし、先生にお会い出来て、よかったわ。」

有子は、晴れ晴れとしていった。

二見は、アパートの部屋の鍵を渡し、名刺に、

「このひとは、小生の教え子です。小生の部屋へ入れてやってください。」と、書いてくれた。

二見のアパートは、高円寺にあった。二見は、そこへの地図を書いてくれて、

「僕は、めったに、部屋では食事をしないが、一通りの炊事道具は揃っているから、それを使うといい。」

「はい。」

「お金を持っているか。」

「千二百円ほど。」

「心細いな。千円、渡しておくから、これで、僕が帰るまで、何んとかするんだな。」

「先生、そのうちに、きっと、返します。」

「これ、ナマをいうな。」

「でも、先生の月給、まだ、安いんでしょう?」

「安いさ。が、千円や二千円には、ビクともしない。心配するな。」

「はい。」

有子は、二見の思いやりが、涙の出るほど、嬉しかった。が、彼女は、泣くかわりに、笑ってみせた。

二見は、時計を見て、

「じゃア。」と、立ち上った。

有子は、二見におしえられた通り、中央線に乗り、高円寺で下車した。二見のアパートは、駅から歩いて、十分ぐらいの場所にあった。木造、二階建のアパートだった。お世辞にも、高級とはいえないようだ。こういうアパートに住んでいるようでは、二見の生活も、それほど、ラクではないらしいと、有子は、思った。

有子は、アパートの受付で、二見の名刺を見せた。管理人の小父さんは、快《こころよ》く彼女を、二階へ連れて行った。

「ここですよ。」

「すみません。」

有子は、頭を下げて、扉の鍵を開いた。六畳の和室であった。本箱、ラジオ、机、そのほかに、二見の描いた画が、何枚か、壁際に立てかけてあった。が、畳は、古ぼけている上に、ろくに掃除をしないらしく、お義理にも、綺麗な部屋とはいえない。しかし、有子にとって、この部屋が、まるで、天国のように思われた。とにかく、今夜からは、誰に遠慮もしないで、ここに寝ることが出来るのである。

有子は、二見の描いた画を眺めた。風景があり、裸婦がある。田舎にいた頃よりも、すこし、腕が上ったようだ。二見は、二見なりに、一所懸命に頑張っているに違いない。有子は、二見のために、祝福してやりたかった。

有子は、ラジオのスイッチをひねった。美しいメロディが流れて来た。それを聴きながら、部屋の掃除にかかった。二見が帰ってくるまでに、せめて、この部屋を、見違えるように綺麗にしておきたかったのである。気がつくと、彼女は、掃除をしながら、メロディにあわして、鼻唄を歌っていた。思えば、東京へ来てから、こんな鼻唄がしぜんと出るような気持になったことは、はじめてであった。けさ、東京駅に着くまでは、自分にこのような幸せが待っていようとは、夢想だにしなかった！

有子は、お昼は、そこらを散歩がてらに歩いて、商店街で、昼食がわりに、そばを食べた。

午後は、二見のために、洗濯をしてやった。押いれの中に、シャツや靴下が、洗濯をしないままで押し込んであったからである。有子は、二見の、そういうズボラさが、すこしも不愉快ではなかった。用事があった方が、嬉しかった。

昼は、そのように、身体を動かしていたので、まだ、よかった。しかし、夜になると、有子は、やっぱり、家のことを思い出さずにはいられなかった。

達子や照子たちは、邪魔者がいなくなったと、大よろこびをしているだろう。しかし、父は、おじいさんは、そして、弘志は、と思うと、有子の気持は、沈んでくるのであった。

ノックの音が聞えた。そして、有子の返辞を待たずに、扉が開かれた。入って来たのは、二十三、四歳の女であった。彼女は、そこに坐っている有子を見ると、急に、瞳を光らした。

「あんた、いったい、誰？」

女は、いきなり、詰問するようにいった。

「あたし……。」

有子は、どぎまぎしながら、どう答えたものか、と迷っていると、女は更に、たたみこむように、

「桂ちゃんは？」

「桂ちゃん？」

「何をいってんのよ。二見桂吉さんのことにきまってるじゃアないの。」

「ああ、先生ですか。」

「先生？」

そこで、女は、もう一度、有子を光る瞳で見つめて、

「あんた、桂ちゃんの何者よ。」

「田舎の学校で、二見先生に、画を習った者です。」

「すると、桂ちゃんの昔の教え子？」

「はい。」

「その教え子が、どうして、ここにいるのよ。」

「それは……。」

有子は、返答に窮した。それより、美しいけれども、アプレのにおいのプンプンするこの女が、二見の何者だろうか、ということが気になっていた。心やすく、桂ちゃん、というようでは、余っ程、親しくしているに違いなかろう。

（恋人？）

そうも思った。

女は、ますます、いらいらして来たような口調で、

「桂ちゃん、どこにいるの？」

「大阪へいらっしゃいました。」

「まア、大阪へ？　わたしに、黙って行くなんて。」

と、女は、口惜しそうにいってから、

「それで、あんたは、いつから、ここにいるのよ。」

「けさからです。」

「今夜は、ここで泊まるつもり？」

「はい。」

「まア、あきれた、じゃア、桂ちゃんの蒲団で寝るつもり？」

有子も、そこまでは、考えていなかったのである。

しかし、いわれてみれば、まさに、その通りになる。有子の頬が、あからんだ。恩師とはいえ、二見は、二十七歳であった。

有子は、このときになって、二見を、恩師ということとは別に、一人の青年として見なければならぬのだということに気がついた。

「そうなんでしょう？」

「……はい。」

「嫌だわ。あたし、そんなの、絶対に嫌よ。」

しかし、嫌だ、といわれても、今の有子には、どうしようもないのである。

四

その女の名は、稲川青子であった。そして、自分から、二見とは、婚約の仲だ、といった。近いうちに、この部屋で、いっしょに暮すことになっているのだ、ともいった。

有子に、その真偽は、わからなかった。しかし、そういわれればそうか、と思うより仕方がないのである。

有子は、青子に、この部屋へくるようになった理由を、簡単に話した。青子は、一応、同情してくれた。が、そのあとで、

「じゃア、あんたは、桂ちゃんが、大阪から帰って来ても、当分、この部屋で、いっしょに過すつもり？」

有子は、またしても、二見の若さを、独身である、ということを思い知らねばならなかった。

「若い男と女が、いっしょの部屋で寝たら、どういうことになるか、いくらあんただって、わかっているでしょう？」

「…………」

「第一、そんなこと、このあたしが許さないわよ。」

「…………」

「だいたい、桂ちゃんは、気が弱いのよ。本当は、あんたなんか、迷惑に思ったのに違いないわ。それだのに、気が弱いばっかりに、つい、口を滑らして、この部屋で泊まるようにいったのだわ。」

有子は、かならずしも、そうだとは思わなかった。が、この部屋もまた自分にとって、安住の場所でないことだけは、たしかなようである。

「わかりました。あたし、やっぱり、田舎へ帰ります。」

「いつ？」

「今夜、これから。」

「そう、その方がいいわ。第一、その方が、あなたのためよ。」

そして、青子は、有子が、この部屋から出て行くのを監視するように、動こうとはしなかった。

「ちょっと、先生に、置手紙をしておきたいんですけど。」

「そんな必要はないわ。あたしから、いっておくわ。」

そうまでいわれては、有子も、それを押してまで、置手紙を書くことが主張出来なかった。心残りだったけれど、それも仕方がないのである。

有子は、トランクを持って、立ち上った。思えば、たった半日の幸せであった。しかし、半日でも幸せな思いが出来ただけ、有難いと思わなければならないだろう。

「悪く思わないでね。」と、青子がいった。

「いいえ。」

有子は、頭を横にふった。

「みんな、あんたのためと思っていってるんですからね。」

「ご親切、有難うございます。」

が、これは、せめてもの有子の皮肉のつもりだった。しかし、青子は、それをそのままに受け取ったのか、

「あら、いいのよ。女は、女同志ですからね。」

もし、こんな女と、二見が本気で結婚する気でいるのなら、決して、幸せになれないだろうと、有子は、思った。

「この部屋の鍵、頂戴。」

青子は、掌を出した。

「鍵は、管理人さんにお預けします。」

「あら、どうしてよ。」

青子は、不満そうにいった。しかし、有子は、答えなかった。有子は、この部屋から出てくれるように、瞳で促した。そんな有子の態度に毅然たるものがあった。青子

は、しぶしぶ部屋の外へ出た。有子は、もう一度、自分が掃除した部屋の中を眺めてから、扉をしめて、鍵をかけた。

有子は、管理人に、

「この鍵、二見さんにお渡しください。それから、この千円もいっしょに。」

「承知しました。」

有子は、トランクを提げると、駅の方へ歩きはじめた。トランクが、無性に重いように感じられた。青子は、いつの間にか、姿を消していた。

空には、月も、星もなかった。

靴を売る

一

すでに、九時を過ぎていた。

（こんな時刻から、どうすればいいのだろうか）

有子は、あらためて、それを思わずにはいられなかった。けさ、まっすぐに、田舎へ帰ってしまえば、よかったのである。そうすれば、普通列車でだが、何んとか、田舎まで行くだけの金があった。勿論、ほとんど、飲まず、食べずの苦しみに堪えなければならなかったろうが――。

しかし、その後、昼と夜の食事代や電車賃を払ったりしているので、普通列車の汽車賃にも、足らなくなってしまっていた。

こうなると、さっき、管理人に渡して来た二見桂吉の千円が、ほしくなってくる。あの千円があったら、急行にも乗れて、途中、ひもじい思いもしないで行くことが出来るのだ。いっそ、引っ返して、管理人に頼んでみようか。この際、そうした方が、いちばんいいのである。

有子は、踵を返しかけた。そこで、もう一度、迷った。迷ったけれども、やはり、そうするよりほかに方法はないのだ、と自分にいい聞かせていた。

が、有子は、そこから十メートルと歩かないうちに、

「あら、どこへ行くのよ。」と、とがめるような声を浴びせかけられた。

青子なのである。いつの間にか、姿を消したと思っていたのに、それでは、有子の後から、監視するように、見え隠れについて来ていたのだろうか。

青子は、まるで、両腕を組むようにして、有子の前に立ちふさがった。その瞳は、

疑惑と憎しみに光っているようだった。

有子は、青子の執念深さにあきれた。

「あたし、だまされないわよ。」

「だます？」

「だって、そうじゃアないか。いったん、アパートから出た風をしておいて、あたしがいなくなったら、また、こっそりと引っ返そうなんて、卑怯だわ。」

「違います。」

「ふん。」

青子は、鼻であしらって、

「そんなら、さっさと、あっちへ行ったらいいわ。」

有子は、無言のまま、青子を見ていた。そして、やはり、このまま立ち去るべきなのだと悟った。

「帰ります。」

「そうよ。あたりまえだわ。」

有子は、ふたたび、踵を返した。そのうしろから、

「実際、田舎者って、横着で、厚かましいんだから。」と、青子がいって、更に、「こうなったら、今夜中、あたしは、アパートの前に立っているからね。」

有子は、くるりと、振り向いた。

「どうぞ。」

そして、スタスタと駅の方へ、歩きはじめた。しかし、駅に近づくにつれて、彼女の歩みは、次第に、のろくなって来た。全く、どうしていいかわからぬ、途方に暮れる思いで、胸の中がいっぱいだった。

「姉ちゃん、靴の掘出し物があるんだけど、買ってゆかんかね。」

有子は、顔を上げて、声の方を見た。

道端に紙を敷いて、その上に、たくさんの古靴が並べてある。声をかけたのは、その、中年の男だった。彼は、ハイ・ヒールを手に持って、ニコニコしながら、

「これなら、姉ちゃんに、ピッタリだよ。たった一度しか履いてないんだ。特別に安くまけとくよ。」

勿論、有子は、そんな靴を買う気がなかった。が、心のうつろなままに、ただ、ぼんやりと、それを見ていた。

「とにかく、足に合うか合わないか、履いてみないかね。」

有子が、立ちどまったので、別にまた、一人の男が、それにならった。

そのとき、有子の頭の中に、閃めくものがあった。一歩、進み出て、

「小父さん。」

「何んだね。」

「あたしの靴を買って貰えない？」

「売るのか。」

「ええ。」

「まさか、今、そこに履いているボロ靴ではないだろうね。」

「違うわ。銀座のお店でつくった靴よ。まだ、一度も履いたことがないのよ。」

「そりゃア、買ってやってもいいが、そこに持っているのかね。」

「ええ。」

有子は、急いで、トランクの中から、靴を取り出した。

（せっかく、お父さんにつくっていただいたのに……）

しかし、今は、そんなことをいっていられないのである。どうしても、千円の金が、ほしかった。背に腹はかえられない、という今の気持は、父だって、わかってくれるに違いなかろう。

「これよ。」

「ふーん。」

靴屋は、たいして、興味もなさそうに、靴を眺めている。

「上等でしょう？」

「でもないな。」

「だって、三千円もしたのよ。」

「そうかね。」

靴屋は、ちらッと、有子を見たが、また、視線を靴の上に戻した。

有子は、必死だった。

「半額の千五百円で買って貰えない？」

「千五百円？」

「そうよ。」

「笑わせちゃアいけないよ、姉ちゃん。」

靴屋は、ポンと、有子の靴を、そこに放り出した。

「あら、どうしてよ。」

「こんな靴に、千五百円も出していたら、こっちの商売が、上ったりになる。」

「でも、あたし、どうしても、千五百円がほしいのよ。」

「姉ちゃん、まさか、この靴、盗んで来たんじゃアあるまいな。」

「失礼ね、小父さん。あたしが、そんな女かどうか、顔を見たら、おわかりになるでしょう？」

「だったら、どういうわけで、売りたいなんていうんだ。」

「急に田舎へ帰る旅費がいるのよ。」

「ふーん、田舎へ帰るのか。」

「そうよ。」

「どうして、田舎へ帰るんだね。」

「そんなこと、どうでもいいじゃァないの。ねえ、お願いだから買ってよ。」

「千五百円なんて、出せないよ。」

「いいわ。じゃァ、千円だったら、いいでしょう？」

「ダメだ。せいぜい、奮発して、五百円だ。」

「まア、ひどい。」

「ひどかアないよ。嫌だったら、さっさと、持って帰ってくれ。」

五百円では、なんぼなんでも、ひどすぎる。有子は、腹が立った。が、咽喉から、手が出るほど、ほしい金なのである。

「もうすこし、高く買って貰えない？　せめて、八百円に。」と、哀願するようにいった。

靴屋は、ちょっと、考えていてから、ポンと掌を打って、

「ええい、仕方がない。どうも、俺は、情に脆くていけねえ。七百円だ。どうだね。」

「……いいわ。」

「よし、買った。」

いつの間にか、彼女の周囲に、数人の人が立っていた。有子は、頬をあからめた。

しかし、この七百円があったら、とにかく田舎へ帰れるのである。

「さア、七百円。」

靴屋は、差し出した有子の掌の上に、百円サツを七枚のせてくれた。

「おや、小野さん、どうしたの？」

二

有子は、おどろいて、振り返った。広岡だった。不思議そうに、有子の掌の上の百円サツを見ている。有子は、急いで、掌を引っこめた。

「どうしたんです？」

広岡は、重ねていった。有子は、低い声で答えた。

「靴を売りましたの。」

「あなたが、靴を？」

広岡は、眼をまるくした。

「ええ。」

「どの靴を？」

「今、その小父さんが持っている靴です。」

広岡は、その方を見た。靴屋は、警戒するように、こっちを見ている。

「まだ、新しい靴じゃアありませんか。」

「ええ。」

「どうして、靴を売るんです？」

「田舎へ帰るお金がほしかったので……。」

「あなたは、田舎へ帰るんですか。」

有子は、頷いた。広岡は、有子が、トランクを持っていることに、はじめて、気がついた。彼の顔色が、すこし、変った。しばらく、黙っていてから、

「しかし、お金があったら、あの靴は、売りたくなかったんでしょう？」

「そりゃア。だって、父から買って貰ったまま、まだ、一度も履いていないんですもの。」

「わかりました。」

広岡は、靴屋に、

「小父さん、その靴を売るの、よしたよ。」

「冗談じゃアない。もう、取引は、すんだんですぜ。」

「そうか。では、僕が、買い戻すことにする。」

「あら、もう、いいんですわ。」

「いいから、僕に、まかしといてください。いくらで、売ったんですか。」

「七百円です。」

「では、小父さん。僕は、八百円出すよ。」

「とんでもない。千五百円、それからビタ一文かけても売りませんよ。」

「ひどすぎるわ！」

有子は、憤然としていった。広岡も、

「小父さん、千五百円だなんて、たった今、七百円で買ったばかりじゃアないか。」

「そこが、商売ですよ。」

「しかし。」

「だったら、売りませんな。」

靴屋は、有子の売った靴を、うしろの方へしまいかけた。広岡は、苦笑した。こっちの足許につけ込むような靴屋の態度が、憎らしかった。しかし、彼は、ここで靴屋と喧嘩したところで、どうにもならないことを知っていた。更にいえば、彼にとって、八百円であろうが、千五百円であろうが、有子のためになら、たいしたことではなかったのである。

「よし、わかった。千五百円出すよ。」

「そうですか。では、どうぞ。ヘッヘッヘ。毎度、有難うございます。」

靴屋は、相好を崩している。周囲で靴屋の暴利を非難する声が起った。

それから数分後、広岡と有子は、喫茶店で向い合っていた。

有子は、家出を決心するにいたった理由から、さっきまでのことを、簡単に話した。

広岡は、途中で、なん度もうなずきながら、痛ましげに、有子を見ていた。

「……そういうことなら、いっそ、今夜、これから、僕の家へ来ませんか。」

有子は、広岡の顔を見た。

「父も母も、きっと、歓迎しますよ。」

有子は、その気になりかけた。広岡の家は、まだ、見たことがない。しかし、父親は、日東工業の社長をしているのだ。恐らく、青山の家に、優るとも劣らぬくらい立派であろう。また、いつか、銀座のレストランで紹介された広岡の母親なら、きっと、温かく迎えてくれるだろう。

せめて、今夜一晩だけでも、そういう家庭の雰囲気の中で過してみたかった。

しかし、もし、そういうことが、父に知れたら、社会的にも知られた父の立場は、いよいよ、辛いものになってゆきそうな気がした。

「あたし、やっぱり、田舎へ帰りますわ。」

「どうしてですか。」

「何んだか、東京って、恐ろしくなりましたの。」

「すると、これで、東京へは、帰ってこないつもりですか。」

「それは、わかりませんけど……。」

そういってから、有子は、遠くを見つめるような瞳になって、

「あたし、田舎にいた方が、かえって、本当の母に、会えるような気がして来ましたのよ。だって、母は、あたしが、田舎にいることは知っているんですし、もし、生きていて、あたしに会いたいと思ったら、きっと、訪ねて来てくれそうな気がするんです。」

「わかりました。僕は、もう、お引きとめしません。そのかわり……。」

「そのかわり?」

「そのうちに、僕の方から、あなたの田舎へ行くかも知れません。」

「まア、どうしてですの?」

広岡は、それには、答えなかった。そして、またいった。

「僕という男が、東京にいることを忘れないでください。」

「そりゃア、忘れませんわ。」

「ありがとう。そのお言葉で、僕は、先に希望が持てます。僕は、今夜、友達の家へ遊びに行った帰りなんですが、あなたに会えて、本当によかった。タクシーで、東京

駅まで、お送りします。」

「いえ、電車で。」

「まア、送らしてください。それから、この靴を、しまってください。」

「だって、それは、あなたが……。」

「僕には、婦人靴は、いりませんよ。あなたのために、買い戻したのです。」

「あたし、困りますわ。そんなにしていただく理由がないんですもの。」

「しかし――。」

そういってから、広岡は、別のことを考えついたように、

「そうだ、この靴、僕は、預かっておきますよ。」

「どうぞ。あなたが、お買いになったんですから。」

「いや、そういう意味にではなく、僕は、いつの日にか、この靴を、あなたに、履いて貰いたいのです。その日を待っています。」

それは、広岡の愛の告白でなくて、なんであろうか。しかし、有子は、

(あたしには、お母さんの行方を探すことの方が、いちばん、大切なんだわ)

と、胸の中でいっていた。

三

有子の乗った汽車は、大阪までであった。翌朝の正午過ぎに着いた。

東京駅まで送って来た広岡は、三等であることには、別におどろかなかった。しかし、それが、急行ではなく、普通であること、そして、それは金に余裕がないばかりに、そうしたのであることを察しると、

（たとえ、母親が違っていたにしたところで、小野家の令嬢である。急行の特二に乗ったとしても、すこしも、おかしくはないのだ）

と、一種の義憤を覚えずには、いられなかった。

あの照子なら、特二どころか、平気で、飛行機を利用することもあるだろう。

広岡は、同じ娘でありながら、二人に、そういう差別を許している有子の父親に対しても、今は、いい感じが持てなかった。

（機会があったら、小野氏に、僕は、それをいってもいい。でなかったら、あまりにも、有子さんが可哀いそう過ぎる）

そして、この可哀いそうな有子を、自分と結婚することによって、幸せにしてやりたいのであった。いや、同情のせいばかりではなかった。彼は、有子を、美しいことでも、そして、心の清純なことでも、近頃、得難い女性であると信じて疑わなかった。

しかし、汽車の窓から、顔を出した有子は、広岡にいったのである。

「今夜、あたしと会ったこと、誰にも、おっしゃらないでくださいね。」

「どうしてですか。」

「父に知られたくないのです。」

「それでは、お父さんが、心配されるばかりですよ。それに、おじいさんだって……。」

「ええ、だから、落ちついたら、すぐ、手紙を出すつもりです。」

「わかりました。僕にも、お手紙をください。すくなくとも、住所だけは、いつでも、僕に知らしておいてください。」

「ええ、なるべく……。」

「いや、なるべくでなく、きっと。」

「……はい。」

「約束をしてくれますね。」

有子は、うなずいた。広岡は、では約束のしるしに、といいながら、小指を出した。有子は、笑いながら、自分の小指を出した。二人の小指は、からみあった。有子は、すぐ、手を引こうとした。が、広岡は、なかなか、はなそうとはしなかった。有子は顔をあからめた。

「もう、結構ですわ。」

有子に、そういわれて、こんどは、広岡の方が、あかくなった。

発車の時間が、迫っていた。広岡は、このまま、有子について行きたい、とさえ思っていた。どんなに、愉しいだろうか。が、流石に、それは、口には出せなかった。

いや、いったところで、有子は、ことわるに違いなかろう。

広岡は、さっきから、有子が、いったい、いくらの金を持っているのだろうか、と心配していた。しかし、靴を売るくらいだから、だいたいの見当がついている。

彼は、何気ないように、有子のそばからはなれた。雑誌を一冊買った。そして、その中に、千円サツを五枚いれておいた。これで、彼のポケットの中に、百円サツが二枚残るだけだった。

発車のベルが、鳴りはじめた。

「では、お元気で。」

「本当に、いろいろと、有難うございました。」

「さっきの約束、忘れないでね。」

「ええ。」

「それから、この靴、僕は、大事にして持っていますよ。」

汽車が、動きはじめた。広岡は、いっしょに歩きはじめた。

「これ、車中で、読んで行ってください。」

「すみません。」

有子は、雑誌を受け取った。手を振っている広岡を残して、汽車は、しだいに、スピードを速めていった。

有子は、窓から顔を引っ込めた。そのあと、何か茫漠とした思いにかられて、過ぎて行く東京の夜景を眺めていた。

（東京よ、さようなら……）

そうも、いってみた。あるいは、永遠に、東京へくることはないのではあるまいか。そんな気すらしてくるのである。そして、そのことは、父にも、おじいさんにも、永遠に会えない、ということを意味していた。

汽車は、新橋駅にも停まった。たくさんの人が、乗って来た。酔っているらしい人が、多かった。

有子は、気を取り直すように、広岡の買ってくれた雑誌をひろげた。足許に、パラリと落ちた物があった。見ると、千円サツが二枚であった。前の席の人が、びっくりして、それを見ている。有子は、急いでそれを拾いあげた。その胸は、ドキドキしていた。

落ちた千円サツとあわせて五千円あることに、有子は、気がついた。

「広岡さんが、わざわざ、いれてくださったんだわ。」

有子は、今更のように、広岡の深い思いやりに感謝しないではいられなかった。かりに、広岡が、金を貸してあげましょうか、といったら、恐らく、有子は、断わったであろう。彼女のそういう性格を知っていて、広岡は、こういう方法を取ったのに違いない。

「広岡さん、どうも有難う。」

有子は、東京の空に向って、そういった。

「そのうちに、あたし、働いて、きっと、お返ししますわ。」

有子は、眼を閉じた。その裏に、広岡の面影が現われていた。

「いいひと……。」

しかし——、とまたしても、有子は、思うのであった。

四

有子は、大阪駅で、いったん、外へ出た。こんどは急行に乗ってでも行くことが出来るのだ。勿論、これから先のことを考えると、一円の金も無駄にすることは許されない。ただ、田舎の岡田の小母さんの迷惑にならない時刻に着くようにしたかった。岡田の小母さんは、東京が嫌になったら、いつでも、帰っていらっしゃい、といってくれたけれども、しかし、本当に、のこのこと帰って行ったら、きっと、びっくりするだろう。果して、心から歓迎されるかどうか。そして、田舎の町に、有子が自活してゆけるような勤め口があるかどうか。考えていると、有子の心の底から、不安なものが、際限もなく、ひろがってくるのであった。

有子は、夜の急行にしようときめた。

それまでに、十時間ほどある。有子は、修学旅行で、一度、大阪へ来ていた。心斎橋筋や道頓堀を歩いたときのことを、まだ、覚えていた。

思えば、あの頃は、おばあさんも生きていたし、東京の母以外に、本当の母のあることも知らず、有子の今日までの生活のうちで、いちばん、愉しい時代であった。こんご、何十年かたって、自分の過去を振り返ってみても、やはり、そういうことになるのではなかろうか。

有子は、もう一度、大阪の街を歩いてみよう、と思った。そして、そういう心の裏には、あるいは、あの二見桂吉に、偶然のチャンスから会えるかも知れぬ、という期待があった。

三、四日したら東京に帰ってくる、といっていたから、二見は、まだ、この広い大阪のどこかにいる筈だった。

二見に会ったら、いうべきことが、いっぱい、あるような気がしていた。第一に、アパートを出て来た理由。そして、あの稲川青子という女のひと。

かりに、二見が、本当に、あんな女と結婚する気でいるのだったら、決して、幸せにはなれないだろう。アパートで、先ず、そう思ったが、後をつけられて、毒舌を浴びせかけられたとき、更に、その思いを強くしたのであった。

しかし、そういうことをいうのは、いわゆる、余計のおせっかいになるのかも知れない、という反省が、有子の胸の中にないわけでもなかった。

有子は、トランクを、駅の一時預けにして、地下鉄に乗った。心斎橋で降りた。

彼女は、大丸百貨店の中を通って、心斎橋筋に出た。たくさんの人が歩いている。有子も、その中に、まじって、南に向った。

修学旅行のときのことが、思い出されてくる。が、今の有子の心は、すこしも、弾んでいなかった。雑沓の中を歩きながら、何か、しんしんとした悲しみをいだいているようであった。

星だけが

一

心斎橋筋は、まだ、午前中なのに、活気に満ち溢れていた。歩いている人人の顔は、それぞれ、幸せそうに見える。すくなくとも、いま、有子の胸の中をさいなんでいるこの悲しみ、辛さ、そして、孤独の淋しさ……、それ以上のものを感じている人は、ひとりもいないようであった。

しかし、有子自身の姿も、よそ目には、ただ、のん気そうに、あちらの店、こちらの店を覗き込みながら歩いている、何んの心配もない娘、というようにしか見えなかったであろう。だから、目の前を歩いている人人の胸の中にも、あるいは、各人各様の悲しみが、秘められているかも知れないのである。

勿論、悲しみだけではなかろう。歓びもそれに同居している、と考えてよかろう。が、その歓びも、結局は、悲しみに打ち克ってのものであり、打ち克とうとの希望の故なのだ……。

有子は、そこに思いをいたすと、「生きる、ということは、悲しみに、そして、孤独に堪えてゆくことなんだわ。」と、つぶやかずにはいられなかった。

悲しいのは、自分だけではないのだ、ということでもあった。

気がつくと、有子は、心斎橋筋を通り越して、道頓堀との境目にある戎《えびす》橋の石のランカンにもたれていた。

川の水は、黒く濁って、たくさんのゴミを浮かし、異臭を放っている。が、夜となると、ネオンの影を宿して、別世界のように、美しくなるのである。有子は、そんな写真を、前に見たことがあった。

有子は、空を見あげた。相変らず、どんよりと曇っている。青空というものを、絶えて久しく、見ないような気分だった。あの雲の彼方に、青空があるのだ、ということを忘れていたような気がする。

(そうだ、勇気を出そう)

有子は、歩きはじめた。

そのとき、すれ違った三十前後の婦人が、急に、引っ返して来て、有子の顔を覗き込むようにした。

有子は、いぶかるように、そのひとを見返した。どこかで、見たような顔である。が、とっさには、思い出せなかった。考えてみれば、この大阪に、有子の知っているひとは、一人もいない筈だった。かりにいるとすれば、東京から来ている二見桂吉だけである。

「ああ、やっぱり、あなたでしたのねえ。」と、婦人が懐かしそうにいった。

「…………」

「お忘れになりまして?」

「…………」

「ほら、いつか、汽車の中で。」

「ああ。」

有子は、やっと、思い出した。

おじいさんといっしょに上京する車中で、チョコレートをくれたりしたひとだった。東京駅ででも出迎人が来ていないらしいと知って、送ってあげようか、と親切にいってくれたひとだった。その親切さに、有子は、そのまま、その後からついて行きたいような気持になったくらいである。

「その節は、いろいろと、有難うございました。」

有子は、丁寧にいって、頭を下げた。

「やっと、思い出してくださったのね。」

婦人は、微笑みながらいった。

その微笑には、好意がこもっていた。それも、おじいさんから、有子が、どういう境遇の娘か、聞き知っているためであろう。

「お元気？」

「……はい。」

「今日は、おじいさんが、ごいっしょではありませんのね。」

有子は、頷いた。ふいに、今頃おじいさんはどうしていなさるだろうか、ということが、頭に閃めいた。

「すると、大阪へは、おひとり？」

「……はい。」

「そう。」

婦人は、あらためて、有子を見つめるようにした。それから、何気ないように、

「もし、お急ぎでなかったら、いっしょに、お茶でも飲みません？」

「はい。」

「では。」

婦人は、心斎橋筋の方へ歩きはじめた。有子は、その後からついて行きながら、ど

ういうひとなんだろうかと、考えていた。どこかに上品なところがある。といって、普通の良家の奥さまにしては、洋服など、派手に過ぎるようだ。有子には、わからなかった。わからなかったけれども、彼女には、この婦人の後からついて行くことに、すこしの不安も感じなかった。何か、いたわられているような安心感があった。

婦人は、心斎橋筋から左へ曲った。そして、御堂筋に出るすこし前の右側の喫茶店の扉を開いて、

「ここで。」と、有子は振り向いた。

二

入口の勘定台にいた女が、婦人を見ると、すぐ、腰を上げて、

「お早うございます。」

「お早う。」

婦人は、鷹揚に応じた。

三人いる給仕たちも、寄って来て、

「お早うございます。」と、口口にいった。

「お早う。」

婦人は、それらにも笑顔で応じてから、有子に、

「こちらへ、いらっしゃい。」と、空いている壁側のテーブルを指さした。

有子は、その席に、腰を下した。しかし、婦人は、立ったままで、寄って来た給仕女に、

「コーヒーとケーキを差し上げて。」

「はい。」

「ちょっと、お待ちになってね。あたし、すぐ、参りますから。」

婦人は、そういい残すと、奥の扉を押し開いて、姿を消して行ってしまった。

有子は、何がなんだか、さっぱり、わからなかった。ただ、テーブルの上の灰皿といっしょに置いてあるマッチで、この喫茶店の名を「ロマネスク」というのだと知った。そう広くはないが、二階もあるらしく、上品で、しゃれた喫茶店であった。午前中であるせいか、客の数は、まだ、多くなかった。

「どうぞ。」

給仕女が、有子の前に、コーヒーとケーキを置いた。

十分ほどして、婦人が、戻って来て、有子の前に腰を下した。

「お待たせしました。」

「ご馳走になっています。」

「どうぞ、おいしい？」

「ええ、とっても。」

「よかった。」

婦人は、安心したようにいって、

「ここ、あたしの店ですのよ。」

「えッ?」

「あたしが、ここのマダム。」

「まあ、そうでしたの。」

「びっくりなさって?」

「はい……。でも、もしかしたら、そうでないか、というような気がしていました。」

「そうですか。あたしはね、東京にも、こんな喫茶店を一つ、経営しているんですよ。銀座裏ですけど、名は、おんなじ。」

有子は、女の人でも、そういうことが出来るのかと、驚嘆の瞳を、マダムに向けた。そんな有子の瞳は、澄んでいて、いかにも、清純なように、マダムには思われた。

「毎週、交替で、大阪と東京の間を、往復していますのよ。」

「大変でしょう?」

「そうね、大変といえば大変だけど、これが、自分の仕事だ、と覚悟をきめてしまえば、そうでもありませんよ。」

マダムは、気楽そうにいってから、口調を変えて、

「たしか、有子さん、とおっしゃいましたわね。」

「はい、小野有子でございます。」

「あたしは、近藤真代。ところで、こんどは大阪へ遊びにいらっしったの？」

「いいえ、田舎へ帰るつもりなんです。」

「田舎へ？」

「さっき、大阪へ着いたばかりですの。そして、今夜の汽車で、田舎へ帰ります。」

「どうして、田舎へ、お帰りになりますの？」

「…………」

「いいたくなかったら、別に、おっしゃらなくてもいいんですのよ。ただね、さっき、戎橋の上でお見かけしたときから、どうも、容子がおかしいような気がしたんで、ついい、ここへ、お誘いしたんです。」

「…………」

「とても、悲しそうでしたよ。ごめんなさいね、嫌なことをお聞きしたりして。」

「いいえ。」

有子は、頭を横に振ってから、マダムの顔を見た。このひとに、何も彼も、聞いて貰いたいような気がしていた。いったところで、どうにもなるものではなかろう。が、

すこしは、心の底の重さが、軽くなるかも知れないのである。

「聞いていただけます?」

「どうぞ。」

有子は、父の名をいわなかった。が、その他のことは、だいたい、正直に話した。話しているうちに、あの照子への憤りが、燃え上ってくるようだった。また、弘志は、その後、誰に、宿題を見て貰っているだろうか。そして、父は、義母は、おじいさんは、八重は……。

「だから、いっそ、田舎へ帰ろうかという気になったのです。」

マダムは、終始、黙って聞いていた。聞き終ってからも、しばらくは、黙っていたが、そのうちに、ポツンといった。

「あたしにも、ママ母に育てられた経験があるわ。」

「まア。」

「だから、あなたの気持よくわかるの。可哀いそうに。」

有子の眼の奥が、不覚にも、じいんとして来た。こんなところで泣いてはいけないと、自分にいい聞かせていた。が、とうとう、涙が溢れて来てしまった。有子は、急いで眼頭をおさえた。

「ダメよ、泣いたりしては。」

「だって……。」

「もう、いいわよ。ねえ、泣かないで。」

「はい。」

「それで、どうしても田舎へ帰るの？」

「その方が、いいような気がするんです。かえって、田舎にいた方が、母に会えるかも知れないし、それにあたし、ほかに、行くところがないんですもの。」

「いっそ、このまま、大阪にいたら？」

「えッ？」

「あなたの本当のお母さんに会うために、田舎に帰っていた方がいいかも知れませんよ。また、東京にいた方がいいかもわからないし、あとで考えて、大阪の方がよかった、ということになることもあり得る、と思うの。それは、神さまだけがご存じのことで、今は、誰にもわからないことよ。いい直すと、あなたにそういう運がついているかどうか、ということにもなるわ。」

「はい。」

「だから、あたしは、無理にとはいいませんけど、当分の間、大阪にいたらどうお？」

「でも、あたし、大阪には、知った人がないんですもの。」

「あたしがいるじゃアありませんか。」

「まア。」

「あたしでは、たよりにならない？」

「いいえ、そんな意味では……。」

「じゃア、たよりにしてくれる？」

「そんなことをお願いしていいんですの。」

「これでも、男まさりのマダムですからね。」

「あら。」

「ただし、働くのよ。」

「どっかにお勤め口がありましょうか。」

「ここのお店で、どうお？」

するると、給仕女をさせられるのだろうか。有子は、勤めるなら、どこかちゃんとした会社の女事務員になりたい、と思っていたのであった。なんとなく、そういう職業に憧れていたのだ。

しかし、有子は、すぐに思い直した。こうなったら、給仕女にでも、何んにでもなろう、と決心した。どんなに辛くても、東京の家にいたときの辛さを考えれば、物の数ではあるまい。

「お嫌？」

「いいえ、よろこんで。」

「あんた、そろばん、出来る？」

「はい。」

「よかった。」

マダムは、いかにも、安心したようにいってから、

「実は、レジスターをやっていただきたかったのよ。」

「レジスターですの？」

有子の顔が、明るくなった。

「いまいるレジスターが、辞めたいというんで、後を探していたの。ところが、お金を扱うので、信用出来ない人だと困るでしょう？」

「はい。」

「あなたなら、信用出来る。たった、二度しか会っていないけど、あたしには、そう思えるの。」

「あたし、一所懸命にやりますわ。」

「お願い。そして当分の間、西宮のあたしの家の二階にいるといいわ。」

「すみません。」

「そのうちに、アパートでも探すとして、なれるまで、あたしの家にいた方が無難で

しょう。食費と交通費を、あたしが払って、月給六千円でどうか知ら？」

「有難うございます。」

　有子は、心からそういった。同時に、まるで、夢を見ているような思いでもあった。絶望の淵から救い上げられたばかりか、住と職の二つの問題が、一度に解決したのである。この日頃、不幸になれた有子にとって、それは、幸せに過ぎるような気がした。幸せ過ぎて、恐ろしいような思いさえしていた。かえって、この先に、不安が感じられた。しかし、有子は、すぐ、思い直した。幸せなときには、その幸せに身も心も融け込ました方がいいのだ。増長することは、絶対にいけないが、幸せを幸せとして、素直に受け入れる心こそ、生きてゆくのに、いちばん、必要なことなのだ……。

三

　こうして、有子は、大阪に住むようになった。

　朝は、七時に起きる、女中が別にいるのだけれども、有子は、自分の部屋だけでなしに、ほかの部屋の掃除も引受けた。朝食は、八時半。そのあと、心斎橋筋の喫茶店へ出勤するのであった。が、その頃には、真代は、まだ、寝ていた。

「ロマネスク」は、午前十時開店、午後十一時閉店となっていた。が、そのあと、伝票と現金をあわせて、それを、マネエジャーの橋本に渡して、店を出るのは、十一時半に近い。それから、大急ぎで梅田まで地下鉄で行き、阪急で、西宮へ帰るのは十二時半頃になる。

殆んど、一日中、立っていなければならぬ。その上、現金を扱っているので、いつも、緊張している。だから、初めの十日間程は、ヘトヘトに疲れた。疲れるが、有子に、この仕事は、少しも、不愉快ではなかった。寧ろ、有難い、と思っていた。

それに、毎日、たくさんの客の顔を見ている。その中に、もしかして、母らしい人がいないか、という期待を、絶えず、胸の中に秘めているのだった。

有子が、寝る前に、母の写真に、「おやすみなさい」という習慣は、ここでもつづけられていた。

真代は、有子に対して、いつも、親切にしてくれた。姉のように、いたわってくれる。しかし、有子にとって、ただ一つ、嫌なのは、真代の弟の新一であった。二十八歳で、姉に似て、美貌だった。新一は、はじめ、姉といっしょに暮していたのだが、今では、同じ西宮のアパートの一室を借りていた。彼は、大阪の会社に勤めているのだった。

いつか、こういうことがあった。

有子は、前の晩に、真代から、

「明日、お店へ出る前に、新一のアパートへ寄って、これを渡して頂戴。」と、封筒に入った物を託されたのである。

中みは、現金らしかった。新一は、しょっちゅう、姉に無心をいっているのだ。そのことで、真代が、新一を叱っているところを、有子は、見たことがあった。が、真代は、三度に一度は、それを肯いてやっているらしいのである。

有子は、その日の朝、いつもより、十五分ぐらい早く家を出た。

新一の部屋は、二階の二十三号室だ、と聞かされていた。

有子は、その二十三号室の扉をノックした。返辞がなかったので、重ねて、ノックをした。やがて、中から、

「おお。」という、面倒臭そうな返辞があって、扉が開かれた。

日曜日だったせいか、新一は、まだ、寝巻のままでいた。

「何んだ、君だったのか。」

新一は、そういったが、しかし、なにかしら、あわてているのである。有子にしても、寝巻姿の男と、いつまでも、向かい合っていることが、嫌だった。

「ママさんから、これを……。」

有子は、封筒を差し出した。そして、何気なく、部屋の奥の方を見てしまった。彼女は、胸をドキッとさせた。何故なら、独身の筈の新一の部屋の、しかも、寝床の中に、女の姿を見たのである。

まだ、若い女だった。寝乱れ姿のまま、半身を起して、有子の方を見ていた。有子は、急いで、顔をそむけた。そんな有子の姿を見て、新一は、ニヤリと笑った。

有子は、封筒を渡すと、早早に、アパートを飛び出した。見てはならない光景を見てしまったように、後味が悪かった。

（新一さんが、あんなことをしているから、会社の月給だけでは足りないんだわ）

恐らく、真代は、そうとは知らずにいるのではなかろうか。

有子は、駅への道を急いだ。急ぐことによって、新一の部屋で見た悪い印象を吹き払ってしまいたいような気持だった。

「おーい。」

うしろで、誰かが、呼んでいる。振り返ると、新一であった。彼は、寝巻を脱いで、ズボンにセーター、下駄履きという恰好になっていた。

有子は、仕方なしに、歩みをとめた、新一は、小走りに、近寄って来た。彼は、肩で呼吸をしながら、

「これ。」と、ズボンのポケットから、千円サツを一枚出した。

「なんでしょうか。」

「わかってるやないか。」

「わかりませんわ。」

「要するに、口止め料なんだ。」

「あたし、そんなお金、頂くわけには参りませんわ。」

「じゃア、喋るつもりか。」

新一は、恐ろしい顔をした。

「喋っていけないいんなら、喋りません。」

「ほんまやな。ほんまに、喋らへんな。」

「はい。」

「そんならええわ。要するにやな、あんな女、なんでもあらへんのや。」

「………」

「ただ、ちょっと、泊めてやっただけや。」

「そうですか。では、失礼します。」

有子は、踵を返しかけた。

「おい、ほんまに、千円、いらへんのか。」

「いりませんわ。」

「欲のない女やなア。どうせ、喋らへんのやったら、貰っておいたら、その方が得やぜ。」

有子は、それには答えないで、さっさと、歩きはじめた。そういう有子の姿は、毅然とした美しさに満ちていたに違いない。それは、新一が、今日までに接した、どんな女にも見ることの出来ない、別の美しさであった。

有子は、真代に対して、なにもいわなかった。が、その後、新一は、一週間に二回も三回も、「ロマネスク」に現われるようになった。仕事中の彼女に対して、何んや彼やと話しかける。

「こんどの公休日に、いっしょに映画を見に行けへんか。」と、いうようなこともあった。

もちろん、有子は、そんな新一を、相手にしなかった。月に二日の公休日には、新一なんかと映画を見に行くより、家にいて洗濯をしていた方が、余ッ程、たのしいのである。

四

真代は、昨日から、東京の店へ行っていた。有子は、夜更けの道を駅から家の方へ歩きながら、大阪へ来て、すでに、一ヵ月以上になる、と考えていた。

真代から、六千円の月給を貰った。そのほとんどは、新調した洋服代に払った。しかし、広岡から借りた五千円は、まだ、そのまま残っていた。

その五千円を送り返そうか、と思ったりしていた。同時に、今夜は、広岡が無性になつかしくなっていた。

広岡も、たまには、大阪へ出張してくることがあるかも知れない。有子が、喫茶店のレジスターをしていると知ったら、きっと、立ち寄ってくれるだろう。

「……僕は、いつの日にか、この靴を、あなたに、履いて貰いたいのです。その日を待っています。」と、いった広岡の声が、まだ、有子の耳の底に、残っているようであった。

そしてまた、彼は、きっと、住所だけは知らしておいてくれ、ともいったのだ。その約束のしるしに、二人は、指切りをしたのである。

それなのに、手紙一本出さぬ自分を、広岡は、きっと、怨んでいるのではあるまいか。

有子は、この一ヵ月、広岡の好意と信頼を裏切って来たのだと、胸の痛くなる思いでいた。

道は、しだいに、暗くなってくる。人通りも、すくなくなっていた。が、有子は、別に、恐ろしいとは、思わなかった。寧ろ、こういう夜道を、ひとりで、物思いに耽りながら歩くことが、好きになっていた。

有子は、立ちどまった。空に、星がたくさん出ていた。有子は、その星を見上げながら、母が、どこにいるのだろうか、思わずにはいられなかった。母も、今頃は、どこかで、この星を見ながら、あるいは、有子のことを思い出しているかも知れないのである。

かりに、そうだとしたら、星が、母の居場所を知っているに違いない。そうだ、星だけが……。

「お星さん、それをおしえて。」

有子は、星に向って、そう、叫びたかった。

電柱の蔭から、一人の男が、姿を現わした。そして、いった。

「やア、いま、帰るのかね。」

新一であった。

正当防衛

一

有子は、眉を寄せた。近頃では、新一の顔を見るだけでも、不愉快になってくるのである。その男が、今頃、こんな所に現われるのは、自分を待ち伏せしていたのだ、と思うべきだろう。ぞうっとするほど、嫌だった。

新一は、有子の前に、近寄って来た。有子は、そんな新一を、しばらく見ていたが、つと、軽く会釈をして、その横を通り過ぎようとした。

「いっしょに行こう。」と、新一がいった。

しかし、有子は、返辞をしなかった。足速に歩いた。が、新一は、どこまでもついてくる。有子と肩を並べて、愉しそうに、口笛を吹いているのだ。有子は、我慢し切れなくなって、

「何処へいらっしゃいますの？」と、咎めるようにいった。

「きまってるやないか。姉んとこへ行くんだよ。」

「ママさんは、昨日から、東京ですわ。」

「おや、そうかね。」

しかし、新一は、そのことを知らぬ筈がないのであった。知っていて、わざと、こういう行動を取っているのだとしたら、有子としても、ますます、油断出来ないのである。

「ですから、今からいらっしても、ムダですわ。」

「しかし、せっかく、ここまで来たんだから、ちょっと、寄って行くことにするよ。」

「困りますわ。」

有子は、きっぱりといった。

「何故？」

「もう、時間が遅いですし。」

「かめへん。」

「いえ、いらっしゃるんなら、お昼に来て頂戴。」

「おや、君は、変なことをいうねやなア。弟が姉んとこへ行くのに、いちいち、君の指図にしたがわんといかんのか。」

「いいえ、そういう意味でいってるんではありません。」

「だったら、どういう意味やね。」

有子は、詰った。家には、女中と有子の二人きりなのである。まして、十二時を過ぎている。いくら、真代の弟でも、特別な用事もなくて、今頃から訪ねてこられるのは、迷惑至極であった。すくなくとも、常識のある人間なら、そんなことをしない筈である。有子には、新一の魂胆が、見え透いているような気がする。しかし、それを正面切っていえないのが、今の有子の立場であった。

鍵のかかる、自分の部屋を持たぬ悲しさを、有子は、痛感しないではいられなかった。前にも後にも、人通りが絶えていた。新一は、わざと有子の肩に触れてくる。そのつど、有子は、声を出したいような嫌悪の情に襲われた。

家の前に来てしまった。

「どうしても、お入りになりますの。」

「そうや。」

「じゃア、じきに帰ってくださいますか。」

「もちろん。そんなに、警戒せんかて、よろしい。」

そういって、新一が、自分で門の呼鈴を押した。やがて、女中が、門を開いた。彼女は、新一がいっしょにいるのにおどろいて、

「あら、ごいっしょだったんですか。」

「そうや。アベックで、夜道を愉しく散歩して来たんだよ。はッはッは。」

そう笑って、新一は、さっさと、家の中へ入ってしまった。

「そこで、いっしょになったのよ。ママさんもいらっしゃらないし、こんな夜更けに困る、といったんだけど、どうしても行くんだ、といってお聞きにならないのよ。でも、じきに、帰って貰う約束ですから。」

「じゃア、門をこのままにしておきましょうか。」

「その方がいいわ。」

すると、いったん、家の中へ入った新一が、玄関から顔を出して、

「僕はね、今夜は、ここで泊まることにするから、戸締をちゃんとしておいてくれよ。」

有子と女中は、思わず、顔を見あわした。有子は、新一に対して、憤りを覚えた。

新一は、勝手に真代の部屋からウィスキーを持ち出して来て、茶の間で、飲みはじめた。そして、女中に、チーズを出させた。

「君は、先に、寝ていいよ。」

「はい。」

「しかし、有子さんの方は、せっかく、僕が来たんだから、しばらく、話し相手になってほしいんや。」

「でも、あたしは、疲れていますから。」

「まア、ええやないか。どうや、いっぱい、飲まないか。」

「あたしは、お酒、いただきません。」

「そんなら、お酌をしてほしいな。」

有子は、頭を横に振った。お酌ぐらいしてやってもいいのである。しかし、ここで一歩を譲ると、新一は、どこまで増長してくるかわからない。そういう男なのである。だから、有子は、あくまで、毅然としていなければならぬ、と思っていた。

「どうして、お酌をしてくれへんのや。」

だいたい、この男の標準語と大阪弁をちゃんぽんにした使い方からして、気に入らない。有子は、立ち上ると、

「お先に失礼さしていただきます。」

そういって、二階へ上って行った。女中も、新一を茶の間に残して、自分の部屋へ引き上げた。そんな二人を、新一は、ちょっと、面白くないように見ていたが、そのあと、一人でウィスキーを飲み続けていた。

有子の二階の部屋は、六畳間であった。留守中に、女中が、蒲団を敷いてくれていた。有子は、机の上の母の写真に、

「ただいま。」と、挨拶をした。

そのまま、じいっと、母の写真を見ていると、無性に会いたくなってくる。しかし、生きているのか、死んでいるのか、わからないのだ、と思うと、有子の胸が、切なくなってくるのだった。いつかは母に会えるに違いない、と思えばこそ、どんな苦しみにも堪えて行こう、という気持になっていられるのだ。しかし、死んでしまっているのだったら……。有子は、そこまで考えて来て、

「嫌よ、嫌よ、そんなこと、絶対に嫌よ。」と、叫ぶようにいった。

有子は、そのあと、いつものように、

「お母さん、おやすみなさい。」と、いったのだが、今夜は、階下に、新一がいるの

だと思うと、

「お母さん、どうか、有子を護って頂戴。」と、つけ加えずにはいられなかった。

新一は、まだ、ウィスキーを飲んでいるらしい。有子は、寝巻に着換えようか、と思ったのだが、何か、不安だった。今にも、新一が、この部屋へ上って来そうな気がしてならないのであった。

有子は、今夜中、すくなくとも、新一が起きている間は、自分も洋服のままで、起きていようと決心した。有子は、広岡を思い出した。こんな夜は、広岡へ手紙を書こう。きっと心が慰められるに違いない。そして、そのことは、彼と指切りまでした約束であったのだ。

有子は、机の上に、便箋をひろげた。しばらく、考えていてから、

「広岡様、お元気でいらっしゃいますか。私は、田舎へ帰る途中、大阪で下車し、そこで、偶然の機会から、心斎橋筋にある喫茶店『ロマネスク』のレジスターとして勤めることになりました。毎日、元気で勤めて居ります。早く、お手紙を差し上げよう、と思いながら、こんなに遅くなって、申しわけなく存じて居ります。東京で受けたご恩は、決して忘れては居りません。拝借した五千円も、近いうちに、お返し出来る筈でございます。

その後、まだ、母にめぐり会うことは出来ません。そのことだけが……。」

有子が、そこまで書いたとき、階段を上ってくる跫音が聞えて来た。

二

（新一さんだ！）

有子の背筋を、冷たいものが走った。とうとう、新一が、本性を現わして来たのに違いない。有子は、寝巻にこそ着換えなかったが、蒲団を敷いたままにしておいたことを、後悔していた。しかし、もう、遅いのだ。いや、遅くはないのだ、と思い直した。新一なんかに、絶対に負けるものかと、心に誓いながら、しかし、有子は、全身を固くしていた。

「有子さん。」と、新一が呼んだ。

有子は、わざと、返辞をしなかった。もし、新一に、多少の良心があるなら、もう、寝たものと思って、そのまま、帰って行く筈なのである。

「有子さん。」

新一は、重ねて、呼んだ。そして、有子の返辞を待たずに、襖を開こうとした。

「いけません！」

有子は、鋭くいった。

「何んだ、起きてたんか。」

「帰って頂戴！」

しかし、新一は、襖を開いてしまった。酔った顔であった。

「ほう、蒲団が敷いてあるんやなア。」

新一は、部屋の中をジロジロと見ている。有子は、自分が恥ずかしめられているような憤りに燃えながら、

「どうして、今頃、ここへいらっしゃるのよ。失礼だわ。」

「そんな大声を出さんでもよろしい。ここは、昔、僕がいた部屋なんや。急に懐かしくなって、やって来ただけなんだ。変に誤解せんといてや。」

そういいながら、新一は、部屋の中へ入って来た。有子は、睨みつづけている。が、新一は、一向に応えぬようである。図図しいというのか、無神経というのか。いや、彼の場合は、何も彼も、心得て行動をしているのに違いないのである。

「ほう、手紙を書いてたんか。」

「…………」

「誰に出すんやね。」

「…………」

「どうせ、男やろう？」

新一は、下品に、ニヤリと笑った。有子は、唇を噛みしめながら、こんな男とは、

一切、口を利くものか、と思っていた。

「ところで、有子さんは、僕の姉からの話、もう、聞いてるやろな。」

「……？」

「僕と有子さんが、結婚するいう話や。」

有子は、思わず、いった。

「知りませんわ、そんな話。」

「おかしいなア。僕は、また、話してあるもん、と思うてたんや。」

「そんなこと、ママさんが、本当におっしゃったんですか。」

「ほんまやとも。姉は、はじめから、その気で、有子さんを、この家へ連れて来たんや。」

「嘘よ。」

「ええ話やろ？」

「あたし、そんな話、お断わりするわ。」

「しかし、僕は、昔から有子さんが好きなんだぜ。わかってたやろ？」

「あなたには、いつか、アパートで、いっしょにいらっした女のひとが、あるじゃアありませんか。」

「あんなの、問題やあらへん。とうに解消済みや。なア、結婚しよう。二人が結婚したら、姉の今の財産は、全部、貰えることになってるんや。こんなボロイ話って、めったにあらへんぜ。」

そういいながら、新一は、ジリジリと、有子に迫って来た。有子は、それだけ後退しながら、あの真代が、新一と自分との結婚を考えている筈はないと思っていた。いや、かりに考えていたとしても、有子の意志だけは、絶対に尊重してくれるひとだ、と思いたかった。そして、有子が、更に、主張したいのは、真代は、新一がいうように、はじめから、その気で、自分に親切にしてくれたのではない、ということだった。真代の親切は、そんな利己的な動機からではない。そういうひとではない、と思いたいのであった。

しかし、そのことよりも、今の有子にとって、如何にしてこの新一から逃げるかということの方が、余ッ程、大問題であった。しかし、新一が、大恩のある真代の弟であるということが、有子の憤りを、いくらか、無意識のうちに抑えているに違いなかった。

新一は、喋ることをやめて、今や、その眼は、好色の光を放っていた。そういう眼の光を受けるだけでも、有子にとって、堪え難いことなのである。まして、新一の指にでも触れられたら、それこそ、憤りが爆発するに違いないのである。

「もう、近寄らないで！」

有子は、大声で叫んだ。

この声が、階下の女中に聞えて、救《たす》けに来てくれるのではあるまいかと、有子は、期待しているのだった。が、階下は、ひそと静まり返っている。有子は、自分の力で、自分の身体を護るより仕方がないのだ、と決心した。気がつくと、有子の右手に、さっき、広岡宛の手紙を書いていたときのペンがそのまま、握られていた。有子は、それを振り上げた。

「もし、それ以上、ちょっとでも近寄ったら、あたし、このペンで、あなたを刺します。」

一瞬、新一は、怯んだようであった。しかし、そうなると、酔った彼は、更に、征服欲にそそられるのである。生意気な、という表情が、ありありと、彼の顔に現われて来た。

有子は、立ち上った。新一も、立ち上った。憤りが、有子を、いちだんと美しい女にしていた。野望が、新一を、ますます、醜悪な男にしていた。しかし、有子は、壁際に、追い詰められていた。

新一の両腕が、延びて来た。有子は、それを避けるため、ペンを握った腕で、さっと横に払った。

「あッ！」

新一は、悲鳴をあげた。彼は、左手首を右掌《て》でおさえている。

「痛ッ。」

有子は、ハッとなった。はじめて、新一の手首に傷をあたえたのだ、と知った。新一は、なおも、大袈裟《おおげさ》に悲鳴をあげながら、その場に坐り込んだ。しかし、その眼は、隙あらば、有子に襲いかかろうとしているのである。

有子は、身を翻すようにして、部屋の外へ飛び出した。

「待てッ。」

新一の声を聞き流して、有子は、階段を降りて行った。そして、そのまま、表へ出て行ってしまった。

三

有子は、夜更けの道を、しばらく、夢中で走っていた。が、やがて、立ちどまると、茫然となって、周囲を見まわした。誰一人として、歩いていなかった。新一も、追っかけてくる気配がない。手首をおさえながら坐り込んだ新一の姿が、有子の脳裡に、やきついていた。

「大変なことをしてしまった。」

誰に聞かれても、有子の場合は、正当防衛なのである。もし、あのとき、新一に傷をあたえなかったら、有子の方が、その何百倍の傷を受けていたかも知れないのである。にもかかわらず、有子は、良心を責められていた。新一が、真代の弟でなかったら、有子も、それほどには感じなかったであろう。有子は、今となって、新一の傷が、ほんのかすり傷であるようにと、祈らずにはいられなかった。真代に対して、申しわけのないことをしてしまったような思いであった。

一時間も歩いているうちに、有子の昂奮は、しだいに、鎮まって来た。後に悲しみだけが残った。どの家も、寝静まっている。そして、その家家には、父があり、母があるのだ。しかし、有子には、今や、安心して帰られる家すらないのである。いったい、如何なる星の下に生れて、自分は、このように、苦しい日日を送らねばならないのだろうか、と叫びたいくらいであった。

有子は、このまま、いっそ、どっか、遠くへ行ってしまいたかった。しかし、あの二階には、母の写真が置いてある。それだけは、何としてでも、取り返しておかねばならぬのだ。夜露に濡れて、有子が、家へ帰ったのは、朝の六時頃であった。

「まア、有子さん。」と、女中が、出迎えた。

「新一さんは？」

「お二階で、休んでいらっしゃいます。」

「じゃア、あたしのお蒲団で？」

「ええ。」

有子の胸に、またしても、憤りが込みあげてくる。

「嫌だわ。で、傷は、どうでしたの？」

「ほんの、かすり傷ですよ。それなのに、私を起して、大袈裟に繃帯《ほうたい》を巻かしたりして。」

女中の話し振りでは、昨夜の出来事は、だいたい、知っているようである。知っているのなら、どうして、救いに来てくれなかったのだと、有子は、いいたかった。しかし、それをいえば、かえって、困らせるだけだろう。何故なら、女中にとっては、新一は、主筋にあたるのだ。

「あたし、これから、どうしようかしら？」

有子は、縁側の椅子に腰を下して、悄然といった。真代に、何も彼も正直にいえば、わかってくれそうな気がする。が、その真代は、あと数日しなければ、帰ってこないのである。その間の新一の出方が心配だった。二度と、昨夜のような出来事を繰返したくなかった。しかし、あの新一は、このままおとなしくなるとは、思われないのである。この先先のことを考えると、憂鬱になってくる。

「おい。」

いつの間にか、新一が、うしろに立っていた。なるほど、手首に、大袈裟に繃帯を

巻いている。しかも、彼は、憎憎しげに、有子を見下しながら、

「昨夜は、よくも、痛い思いをさしてくれはりましたな。お礼をいうよ。」

「………」

「もちろん、覚悟は、出来てるやろうな。」

「覚悟？」

「そうや。この家から、たった今、出て行って貰おう。そして、心斎橋の店もやめて貰おう。いいな。」

有子は、しばらく、新一を見返していてから、

「わかりました。」

「もっとも。」

そこで、新一は、ニヤリとして、

「心をいれかえる、というんやったら、かんにんしてやらんでもないが。」

「いいえ、結構ですわ。」

「ふん、強情な女だ。そんなら、さっさと、荷物をまとめて出て行け。」

有子は、すっと立ち上って、二階へ上って行った。新一がいた、というだけで、部屋中に、不潔な臭いがこもっているようだった。有子は、窓を開いて、新鮮な朝の空気を入れた。机上の母の写真は、そんな有子の姿を、じいっと、見つめているようだ。

「まア。」

せっかく、途中まで書いた広岡宛の手紙が、無残にも破ってある。有子は、今更のように、新一の下劣さに、腹が立った。しかし、この家を出るとなれば、あの手紙は、無意味なことになるのだ。

有子の荷物といっても、全部が、一個のトランクの中に入ってしまう。有子は、そのトランクを提げて、階下へ降りて行った。もう、そこらに、新一の姿は、見えなかった。

「やっぱり、出て行くんですか。」と、女中がいった。

「だって、仕方がないでしょう?」と、有子は、淋しく笑ってから、「ママさんに、よろしく、いってね。出来たら、昨夜のことを、そのままお伝えしておいて。いずれあたしから、お手紙を出すつもりですけど。」

「はい。これから、どこへ行くんですか。」

「そんなアテがあるもんですか。でも、なんとかなりますわ。さようなら。」

「気をつけてね。」

女中は、門の前まで、有子を送ってくれた。

四

有子は、歩きながら、

（いっそ、これから、東京へ戻ろうか知ら？）

と、思った。

東京には、広岡がいる。二見がいる。それに、父、おじいさん、弘志、飛んで行ってでも会いたい人ばかりである。勿論、照子とか、青子とか、更に、義母の達子というような嫌な人もいる。また、銀座の店へ行けば、真代に会える筈である。真代に、直接、昨夜のことを弁解しておきたい気持がしきりにしていた。

にもかかわらず、有子は、東京へは行かないで、田舎へ行くことにきめてしまった。もともと、東京を立つときには、田舎へ行くつもりであったのである。

有子は、そのとき、田舎のあの岡を思い出していたのであった。青空が近くに見える岡なのである。

「お母さーん。あたしのお母さーん。有子のお母さーん。」と、声をふりしぼるようにして叫んだ岡なのである。

東京の生活も、大阪の生活も、有子にとっては、結局は、幸せではなかった。生きる、ということは、本来、そういうものかも知れない。有子自身も、生きる、ということは、悲しみに、そして孤独に堪えてゆくことなんだわ、と思ったことがあった。それだからこそ、いつも、雨の降る空の彼方にも、青空があるのだ、と信じようと努めて来たのである。

しかし、今の有子は、あの田舎の岡に上って、本当の青空を、しみじみと眺めてみたいのであった。もう一度、母の名を呼んでみたいのであった。そうしたら、きっと、昔のような元気な娘になれそうな気がする。

有子は、その足で、大阪駅へ行った。この前、大阪駅で降りたのは、一ヵ月前であった。もし、真代に会わなかったら、今頃は、田舎で暮していたかも知れない。昨夜のような嫌な思いもしないですんだであろう。しかし、有子は、この一ヵ月の大阪生活を、無駄であったとは、思いたくなかった。得難い人生経験をしたのだ、と考えたかった。

大阪を立つときには曇っていた空は、しだいに、晴れて来た。車窓に瀬戸内海の島が見える頃には、光があふれているような青空が見えて来た。

（ああ、青空だわ）

こんなにも美しい青空は、東京でも、大阪でも、一度も見なかったような気がした。

（やっぱり、あたしは、田舎へ帰るべき娘であったんだわ）

岡田の小母さんは、どういうか知れないが、もし、いてもいい、といったら、そのまま、田舎にいたい。そして勤め口を探そう。有子は、そんな気にさえなっていた。見覚えのある風景が、次次に、目前に現われてくる。有子は、それを貪るように眺めていた。

有子が、田舎の町の駅に着いたのは、午後三時頃であった。懐かしかった。この駅を立つとき、見送ってくれた人人のことなどが思い出された。有子は、どこへも寄らずに、岡田の小母さんの家へ行った。出しぬけに行ったのでは、どういう顔をされるだろうか、と心配であった。ここでも、冷たい顔をされたら、それこそ、泣くにも泣けぬのである。

昔、おじいさんやおばあさんといっしょに住んでいた家には、今は、有子の見知らぬ標札が出ていた。が、その隣の岡田の小母さんの家は、昔のままであった。すこしも、変っていない。有子は、玄関の戸を開いた。

「小母さーん。」

有子は、大声で呼んだ。はーい、という返辞があって、やがて、小母さんが、奥から姿を現わした。

「まア、有子さん。」

小母さんは、おどろいたようにしてそういったあと、責めるように、

「どうして、もう二週間早く、帰ってこなかったのよ。」

「二週間?」

「そう、あんたの本当のお母さんが、お見えになったんですよ。」

有子の日記 (二)

一

月　日
「有子のお母さんが生きていた。」

「有子のお母さんが生きていた。」

私は、何度書いても、書き足りないような気がしている。一日中、大声でいっていたいくらいだ。嬉しい、嬉しい、本当に、嬉しい。バンザーイ、と叫びたいくらいである。

やっぱり、雲の彼方に、青空があったのだ。私は、間違っていなかった。そして、これからも、一生、雲の彼方の青空を信じる女となって、生きて行きたい。

雲の彼方に青空のあることはわかっているのだ。誰も知っていることなのだ。しかし、実際に、暗く重く垂れている雲を見ていると、そうと知りつつ、なかなか、その雲の彼方の青空の存在を信じられないような気がする。つい、雲の暗さに負けて、弱気になってしまうのだ。やけになるのだ。私は、それではいけないのだ、と思う。いつかは、きっと、雲が散って、青空が見えてくる、ということを自分にいい聞かせ、それを信じて、弱気にも、やけにもならず、強く、明るく生き抜くことが大切なのではあるまいか。

お母さんが生きていて、有子のことを忘れていなかった、とわかったもんだから、なんだか、調子に乗って、理窟っぽいことを書いてしまった。すこし、きまりが悪い。

しかし、私は、東京と大阪の生活で、いつも、青空を信じていたとはいえない。時には、あんまり悲しくて、時には、あんまり苦しくて、自分なんか、もう、どうなってもいいように思ったことがないとはいえない。危いところだった。だから、あんまり、偉そうにはいえない。しかし、私は、最後には、青空を思い出した。それが、私の救いになったのだ。

岡田の小父さんも小母さんも、そして、子供さんたちも、みんな、寝たようだ。なんという、静けさであろう。勿論、東京も大阪も、夜は、静かであった。しかし、田舎の静けさの方は、都会の静けさとは、比較にならぬほど、しんしんと深いのである。

私は、田舎へ帰って来て、本当によかった、と思っている。何故なら、お母さんのことがわかったからだ。

しかし、私は、今になって、悔んでいる。どうして、大阪へなんか寄らずに、東京からまっすぐ、ここへ来なかったのだろうか、と。そうしたら、お母さんに会えたのである。その胸に、抱きつくことが出来たのである。私は、きっと、声を上げて、泣いたに違いない。そうなったら、お母さんだって、私の背中を撫ぜながら、

「ねえ、もう、泣かないで……。」と、いってくださったろう。

しかし、そういうお母さんが、すでにして、頬を濡らしているのだ……。

たしかに、大阪へ寄ったことは、失敗だった。新一さんのような嫌な男に会わなくてすんだのだ。しかし、私は、あのママさんに対する恩だけは、決して、忘れはしない。そして、いつかは、きっと、もう一度、お会い出来るような気がしている。

岡田の小母さんの話によると、こうなのである。

二週間ほど前の昼過ぎ、小母さんが買物に行こうとして、家を出た。

すると、四十前後の上品な婦人が、顔を隠すようにしながら、そこらを行ったり来たりしていた。この町では、見なれぬひとであった。しかし、小母さんは、たいして、気にもとめず、そのまま行きかけると、

「もし……。」と、うしろからその婦人に、呼びかけられたのである。

「はい。」

小母さんが、振り向くと、婦人は、

「ちょっと、お聞きしたいんですが、昔、といっても、もう、十七、八年前のことになりますが、この家に住んでいらっした小野さんは、どうなさったのでしょうか。」

と、隣の家を指さした。

「小野さんでしたら、半年ほど前に、東京へいらっしゃいましたよ。」

「まア、そうでしたか。」

婦人は、いかにも、ガッカリしたようすだった。

「どなたさまで？」と、小母さんがいうと、

「いえ、ちょっと……。」と、婦人は、曖昧にいってから、「すると、皆さま、お達者なんでしょうか。」

「今年の一月に、おばあさんが、お亡くなりになったんですよ。」

「えッ？」

婦人の顔色が、さっと、青ざめた。

「それで、おじいさんと有子さんが、東京の家へ引き取られることになったんです。」

婦人は、微かに、頷いたようであった。しばらく、うなだれていたが、つと、顔を上げると、

「それで、有子は、いえ、有子さんは、お元気でいらっしゃいましたでしょうか。」

「ええ。とってもいい娘さんに――。」

岡田の小母さんは、そこまでいってから、その婦人の顔を見直すようにした。一度、有子、と呼び捨てにしたところに、疑問を感じたのである。そういえば、どこか、その面影が、有子に似ているようだ。

「もしかすると、あなたは、有子さんのお母さんでは？」

「いえ、違います。」

しかし、婦人の顔に、狼狽の色が、はっきり、現われていた。小母さんは、この人こそ、有子の母親に間違いない、と思った。

「ねえ、こんなところで、立話も出来ませんわ。いろいろ、お話したいこともありますから、ちょっと、私の家へお寄りになりませんか。」

「そうですか。では、ほんの暫く。」

婦人は、もう、さからわないで、小母さんの家へ入った。

二

婦人は、小母さんの話を、じいっと聞いていた。

「……、そういうわけで、有子さんとおじいさんが、東京の家へ引き取られることになったんですよ。」

「そうでしたか。」

婦人は、溜息をつくようにいった。

「でもね。有子さんは、東京へは、行きたくなかったらしいんです。いつまでも、この町にいたかったらしいんです。」

「有子さんは、東京の家で、幸せに暮していらっしゃるんでしょうか。」

「さア、どうですか。私は、なんとなく悪い予感がしたんで、有子さんに、東京が嫌になったら、いつでも、この町に帰っておいで。あんた一人ぐらいは、なんとでもしてあげられるからね、といっておいたんですよ。それなのに、今だに、そういうことがないところを見ると、案外、愉しく暮しているかもわかりませんよ。」

「きっと、そうですわ。」

婦人は、自分の胸にいい聞かせ、自分で安心するようにいった。

「しかし、これも私の想像ですが、あの年頃になってから、母親の違う家へ引き取られて、果して、うまく行くもんでしょうか。」

「すると、有子さんは、母親が違う、という事を知ってるんでしょうか。」

「ええ。おばあさんが、死ぬ前に、いずれはわかることだからと、おっしゃったらしいようすでした。」

「おばあさんが……。」

婦人は、呼吸を詰めるようにしていった。

「私は、有子さんが、我慢しているんだ、と思います。とても、優しい娘ですが、芯に強いところがありますからね。歯を食いしばって、我慢しているんじゃアないかと……。そういう娘ですよ。」

そのあと、小母さんは、蒼白になっている婦人の顔を見つめて、

「ねえ、あなたは、有子さんの本当のお母さんでしょう。」

「……はい。」

「やっぱり！　どうして、今日まで、有子さんに会いに来ておやりにならなかったんですか。」

「それは……。」

「有子さんが、可哀いそうじゃアありませんか。」

小母さんは、責めるようにいった。

「実は、あたし、その後、結婚したんでございます。」

「それはまアそうでしょうが。」

「満洲へ参りました。内地にいることが、あんまり辛いもんですから、そういう結婚をしてしまったんでございます。しかし、有子のことが、いつも、頭にこびりついて

……。」

「わかりますよ。」

「終戦になって、主人といっしょに、引き揚げて参りました。主人は、そのときの苦労がたたってか、その後、間もなく亡くなってしまいました。」

「まア、お気の毒に。それで、お子さんは？」

「ひとりあったんですけど、それも満洲で亡くしました。主人の実家が、博多だったもんですから、引き揚げ後も、博多にいたんでございます。」

「しかし、それだったら、随分と、ご苦労をなさったでしょう？」

「はア……。何度、いっそ、死のうかと思ったかわかりません。でも、四年前から、あるお年寄の世話をする、ということになって、やっと、安心することが出来るようになりました。」

「お年寄の世話と申しますと？」

「七十五歳のおばあさんが、ひとりで暮していなさるんです。それで、あたしが、女中のようになって。」

「それでしたら、結構じゃアありませんか。」

「ええ。とっても、よくしてくださいますので……。ところが、こんど、東京のご子息の家へお移りになることになりました。」

「すると、あなたは？」

「いっしょに来い、とおっしゃってくださるんです。」

「よかったですねえ。」

「はア。それで、おばあさんが、有子のことをご存じですので、途中下車して、よそながらでも、顔を見て来たら、といってくださったんです。」

「よそながらだなんて、それでは、あんまり、水臭いですよ。でも、東京へいらっしたら、いつでも、有子さんにお会い出来ますわね。有子さん、きっと、よろこぶでしょう。」

「いいえ、そうは参らないのでございます。」

「どうしてですか。」

「あたし、亡くなられたおばあさんに、誓いを立てているのです。一生、有子の前へ、有子の幸せのために、母親としては、姿を現わさぬと……。」

「まあ、あきれた。それは、あなたのお心はわかりますよ。しかし、もう、おばあさんも亡くなられたんですし。」

「亡くなられたからこそ、あたしとしては、いっそう、誓いを破ることは出来ません。なまじっか、あたしが現われたりしたら、かえって、有子の心を乱すだけだ、と思います。それより、今のひとを、あくまで、自分のお母さまとして可愛がっていただいた方が、有子の幸せだ、と存じて居ります。」

「すると、あなたは、東京へ行っても、有子さんにお会いにならぬつもりですか。」

「すくなくとも、母親としては……。」

そういって、お母さんは、淋しげに唇を嚙みしめたのである。

──岡田の小母さんは、私に、

「そのあと、どんなに聞いても、あんたのお母さんは、東京の住所をおっしゃらないんですよ。」

「ひどいわ、ひどいわ。あんまりだわ。」

私は、お母さんを怨んだ。お母さんは、有子が、どんなに苦労しているか、そして、どんなに慕っているか、ちっとも、知ってないから、そんなのん気なことをいっているのだ。

しかし、私には、お母さんのそんな気持もわからぬでもなかった。そういうひとであればこそ、亡くなったおばあさんが、いつまでも、忘れずにいたのに違いないのである。

私は、岡田の小母さんに聞かれるままに、今日までのことを、あらまし話した。

「まア、そんなに苦労をしたんですか、可哀いそうに。それなら、いっそう、お母さんと行き違いになったことが残念ね。」

「小母さん。あたし、お差し支えがなかったら、このまま、こちらにいたい、と思って来たんですけど、やっぱり、東京へ、もう一度、戻りますわ。」

「お父さんの家へ？」

私は、頭を横に振った。

「ほかに、どこか、アテがあるんですか。」

「いいえ。」

「そんなら、無茶ですよ。だいたい、私にいわせると、あなたのお父さんが、いちばん、いけませんよ。無責任すぎますよ。」

たしかに、私だって、そう、思う。お父さんさえ、もっと、しっかり、私を抱きしめていてくれたら、あるいは、こんなことにならなかったに違いない。しかし、そのとき、私は、いつか、お父さんから、銀座で洋服や靴を買って貰ったときのことを思い出した。あのときのお父さんの優しさは、忘れられない。お父さんはお父さんなりに、私のことで、苦しんでいたのに違いあるまい……。

「とにかく、今夜は、ゆっくり、お休みなさい。そして、明日、また、相談しましょう。」

「はい。」

今日は、とうとう、あの岡に登ることが出来なかった。明日こそ、きっと、登ってみよう。

「東京のお母さま、お休みなさい。」

三

月　日

私は、今、夢にまで見た岡の上に立っているのだ。学校も、停車場も、病院も見える。海が、さんさんと降る太陽の光をはね返して、キラキラと光っている。そして、私の頭上には、青空が、いっぱいにひろがっている。

雲のかけらもない青空。見上げていると気の遠くなるような青空。もし、そこまで手を延ばしたら、その色に染まってしまいそうな青空。深い沈黙をたたえて、しいんと静まり返っている青空……。

私は、もう、三十分以上も、青空を見つづけていた。いつまでも、こうやっていたい。恐らく、見飽きるということがないだろう。

私の胸は、希望に満ちている。ふたたび、昔のような元気な娘になれそうだ。本当に、この岡の上に戻って来てよかった。

私は、草の上に、腰を下した。そして、相変らず、青空を見上げながら、東京のお母さんのことを考えていた。とにかく、東京には、お母さんがいるのだ。それだけは、間違いない。

「あたしは、こんどこそ、きっと、探し出してみせるわ。」

私は、お母さんといっしょに暮す自分の姿を頭に描いた。それにしても、お母さんが仕えているというおばあさんは、どういうひとであろうか。きっと、優しいひとに違いあるまい。そうだ、亡くなったおばあさんのように。

私は、いつか仰向けになっていた。そして、いつとはなしに、東京へ行ってからのことを考えていた。おかあさんを探すにしても、先ず、ひとりでも生きて行けるように職業を見つけなければならぬ。いや、その前に、家が必要なのである。家といっては、大袈裟過ぎる。四畳半、いや、三畳のお部屋でいいのだ。

「いっそ、東京へ着いたら、お父さんの会社へお電話をしようか知ら?」

お父さんなら、きっと、力になってくださるだろう。しかし、私は、そのとき、あの憎らしい照子さんの顔を思い出した。お父さんは、私だけのお父さんではないのだ。あの照子さんにとっても、やっぱり、お父さんなのだ。そして、お義母さんの良人なのだ。しかし、お母さんの方は、私だけのお母さんなのである。お母さんには、私以外に子供がないのだ。良人と呼ぶひともないのだ。とすれば、私は、あくまでも、お父さんの力なんかを借りずに、自分ひとりの力で、お母さんの行方を探したい。お母さんと私との幸せのために!

銀座にあるという喫茶店「ロマネスク」へ、あのママさんを訪ねて行ってみようか。ママさんなら、きっと、私の話を聞いてくれて、力になってくれそうな気がする。しかし、それを知って、大阪から新一さんが追っかけて来たりしたら困る。

次に、私は、広岡さんのことを思った。広岡さんに会いたい。何か、無性に会いたい。広岡さんは、あの靴をどうなさったろうか。今でも、大事にして、持っていてくださるだろうか。

しかし、私は、東京を出てから、広岡さんには、一通の手紙も出していないのである。きっと、恩知らずの娘、と思っていなさるだろう。あんな娘は、もう、ごめんだと、私のことなんか、とうに、忘れているかも知れない。せっかく、会いに行って、私の用件を聞き、なんという虫のいい女なんだと、いきなり、眉を寄せ、そっぽを向かれそうな気がする。そんなの、私は、嫌だ。みじめ過ぎる。それなら、いっそ遠くから、いつまでも、広岡さんのことを思っていた方が、幸せなのではあるまいか。

そうなると、私には、東京で知った人といえば、二見先生しかないのである。しかし、二見先生には、稲川青子というひとがついている。私は、あのひとから意地悪をされたことだけは、まだ、忘れることは出来ない。青子さんは、二見先生とは、婚約の仲だ、といっていた。近く結婚して、あの部屋でいっしょに暮すことになるのだ、といっていた。今頃は、もう、そうなっているかも知れない。私は、二見先生が、あんなひとと結婚しても、決して、幸せになれようとは思わない。しかし、二見先生がお好きなのなら、私としては、はたから、とやかく、いうことはないのである。青子さんには、私などにわからぬいいところがあるからだろう。でも、私は、二度と、青子さんの顔を見たいとは思わない。こんどは、なにをいわれるか知れない。とすれば、私は、二見先生にもたよることが出来ないという結論になる。

しかし、私は、やっぱり、東京へ行きたいのだ。こういう状態で、娘ひとりが東京へ出て行くことは、たしかに、岡田の小母さんのいうように無茶だろう。危険だ。でも、私は、行かずにはいられないのである。何故なら、お母さんが、東京にいるからだ。

草を踏む靴音が聞えて来た。しかし、私は、両眼を閉じたままで、別に、気にしないでいた。

「ああ、やっぱり、君は、ここにいたんだなア。」

「えッ?」

私は、思わず、上半身を起した。二見先生が、笑顔で立っていた。私は、一瞬、錯覚かと思った。しかし、錯覚でないしるしに、二見先生は、

「君のことだから、きっと、ここにいるだろうと、見当をつけて来たんだよ。」と、私の横に、並ぶように腰を下した。

「先生。」

「どうしたんだ。そんなびっくりしたような顔をして？」

「だって、今、先生のことを考えていたところなんですもの。」

「僕のこと？」

「だから、もしか、あたしは、夢を見ているんじゃアないかと……。」

「じゃア、夢でない証拠を見せてやるよ、いいな。」

そういって、二見先生は、私の背中を握り拳で軽く叩いた。

「痛いわ、先生。」

私は、わざと大袈裟にいった。

「痛いところが、夢でない証拠だよ。」

四

二見先生は、一昨日から、法事のために帰っていたのである。そして、昨日、私が、汽車から降りてくるところを、クラス・メートの吉田貞子さんが遠くから見ていて、それを、今日、二見先生の家へ遊びに行って、報告したのであった。

二見先生は、

「だから、僕は、心配になって、すぐ、岡田さんとこへ行ってみたんだ。」

「まア、そうでしたの？」

「岡田の小母さんから、だいたいの事情を聞いた。君は、随分、苦労をしたんだなア。」

二見先生は、私を、痛ましそうに眺めた。私は、不覚にも、眼頭を熱くしてしまった。

「でも、よかったな。本当のお母さんのことがわかって。」

「はい。」

「で、やっぱり、もう一度、東京へ出るつもりか。」

「あたしは、どうしても、お母さんに会いたいんです。」

「わかるよ、その気持。しかし、青山のお父さんとこへ行かない、といってるんだそうだが。」

「ええ。」

「じゃア、どうする？」

「まだ、きめていません。でも、東京へ出ます。」

「いつ？」

「明日にでも。」

「何んのアテもなしに？」

「なんとかなりますわ。」

「無謀だよ。」

「大丈夫よ、先生。」

私は、わざと、明るい笑顔でいった。

「そんなら、明後日、僕といっしょに行かないか？」

「先生と？」

「そうさ。まだ、君ンとこへ通知が行っていないだろうが、明日、生徒たちが、僕を招待してくれることになっているんだ。」

「あたしも出たいわ。そうすれば、みなさんにお会い出来るでしょう？」

「そうだよ。だから、出たまえ。そして、明後日、いっしょに、東京へ行こう。」

「でも、先生。」

「どうしたんだね。」

「そんなことをしたら、稲川青子さんに、悪いんじゃアありません？」

私は、さっきから、いいたくて我慢していたことを、やっと、いうことが出来た。

「稲川？」

「そうよ。婚約なさってるんでしょう？」

「バカな。」

二見先生は、吐き出すようにいった。

「あんな女、僕は、真っ平だよ。とんでもない話だ。」

「でも、あのひとは、そんな風に……。」

「わかった。それで、君は、急に、あの夜、僕の部屋から出て行ったんだな。」

「だって、あのひとが、あたしに出て行けと……。」

「そんなこと、僕には、初耳だよ。」

「ほんとですか、先生。」

「僕が、そんなことで嘘をつく人間かどうか、君は、知ってる筈だ。あの女が、君から、急に気が変りましたから帰ります、とつたえてくれといわれた、とだけ僕に報告したんだ。」

「そんなこと、大嘘よ。」

「だから、僕は、君って、せっかくの僕の好意を無にして、と憤っていたんだよ。」

「そんなら、あたし、何も彼も申しますわ。」

私は、あの日のことを、かくさずに話した。二見先生は、聞き終ってから、いまいましそうに、唇を嚙んで、

「なんという奴だ。よーし、こんど、会ったら、うんと、とっちめてやる。」

「先生、違うんなら、もう、いいんです。」

「しかし、僕としては……。」

そのあと、二見先生は、しばらく、黙っていてから、やや、ためらっていて、

「僕は、かりに、結婚するとしたら……。」

「えッ?」

「君のような娘としたいんだ。」

再出発

一

翌日は、ちょうど、日曜日にあたっていた。午後一時から町の公会堂の三階の一室で、有子のクラス・メートたちの主催する二見桂吉の歓迎会が行われた。話が急であったため、どうしても、連絡が取れなかったり、都合が悪かったりして、結局、集ったのは女ばかりが二十名足らずであった。

有子は、久し振りで、クラス・メートたちに会えるという歓びで、胸をふくらませ

ながら、定刻の十五分ぐらい前に、公会堂へ入って行った。

受付にいた吉田貞子は、

「まア、小野さん。」と、眼をまるくした。

その声に、付近にいた数人が、こちらへ寄って来た。口口に、

「いつ、帰って来たのよ。」

「懐かしいわ。」

「東京生活、どうだった？」と、いうようなことをいって、有子の肩を抱いたり、掌を握ったりした。

有子自身も、そういう人たちが懐かしかった。しかし、こんなに懐かしがって貰えるとは、思いがけなかった。やっぱり、クラス・メートは、いいもんだと、眼頭が熱くなるようであった。

「有子、すっかり、スマートになったわね。」

「そうよ、なんだか、大人っぽくなったわ。」

しかし、そういう彼女たちも、学校を卒業してから、まだ、一年にも足りないのに、見違えるように、スマートになり、大人っぽくなっていた。色が白くなり、それぞれ、綺麗になっている。しかし、公平に見て、有子ほど美しい娘になった者は、ほかにいないようだった。同時に、有子ほど、苦労した者も……。

「二見先生は？」

「まだよ。」

「どうせ、時間ぎりぎりに駈けつけてくるに違いないわ。だって、昔から、そうだったんだもの。あの癖だけは、死ぬまで絶対に直らないわよ。」

どっと、みんなが、笑った。有子も、笑った。しかし、笑いながら、心のどこかに、笑い切れぬものがあった。昨日、岡の上で、二見が、

「僕は、かりに、結婚するとしたら……。君のような娘としたいんだ。」と、いった言葉を、思い出したのである。

だからといって、二見が、有子と結婚したがっている、ということにはならない。有子は、そう思っている。二見は、はっきり、かりに、といったのである。そのあと、彼は、自分から話題を変えた。彼は、彼もまた、東京へ行ってから、この岡の上が、懐かしくなることがしばしばであった、というようなことを語った。そして、それっきり、別れるまで、そのことについて、ふたたび、自分から触れようとはしなかったのである。もちろん、有子の方でも、そうだった。

にもかかわらず、二見の言葉は、有子の胸の中に、自分でも意外なほど深く、刻み込まれていた。昨日から、何度も、そのことを思い出している。

（あたしは、二見先生から、愛されているのだろうか）

ひそかに、自問自答して、そんな自分に顔をあからめた。そして、そういうとき、いつでも頭の中に、広岡の顔が現われてくるのであった。

有子は、まだ、本当に、人を愛する苦しみも、愛される苦しみも知らない、といってよかろう。いや、知ろうとはしなかったのだ。母を探すことだけが、彼女のいのちであった。しかし、岡の上で、二見がいった言葉は、彼女の意志とは別に、それをおしえようとしているようだった。知らせようとしているようだった。広岡の顔を思い出しながら、有子は、新たなる人生の哀歓が、自分に襲いかかって来そうな予感に脅えていた。

急に周囲が騒騒しくなった。見ると、数人が窓から顔を出しているのだった。

「先生ッ。」

「先生、遅刻よう。」

有子も、急いで近くの窓から、顔を出して見た。二見は、生徒たちが鈴なりに顔を出した窓の方へ、手を振りながら、坂道を大股で登ってくるのだった。満面で、笑っていた。が、その笑顔は、有子の姿を見つけると、ふと、こわばったようであったが、しかし、そのあと、前以上に、愉しそうな笑顔になった。

やがて、二見が、この部屋へ入って来た。

「やア、失敬、失敬。」

「先生、五分の遅刻だわ。」

「そうよ、罰に、そこへ、しばらく立っていなさい。」

「賛成。あたしだって、昔、先生に立たされたことがあるんですもの。」

「今こそ、仇を討ってあげなくっちゃアね。」

二見を取りまいて、みんな、勝手なことをいっている。しかし、それは、彼女たちの間に、二見が如何に人気があるかを物語っているようなものであったろう。磊落《らいらく》で、しかも、独身であることが、その人気の原因にもなっていた。在学中から彼に、あこがれていた生徒も、決して、すくなくはなかった筈である。

こういう人気のある二見から、かりに、結婚するとしたら、といわれたのだと思うと、有子の胸が、ふと高鳴るのであった。

　突然に、二見が、

「気をつけえッ。」と、昔のままの大声でいった。

一同が、思わず、お喋りをやめて、気をつけの姿勢を取った。有子も、そうだった。

それを見まわしていてから、二見が、

「よろしい、休め。」と、ニヤリとしていった。

　そのときになって、はじめて、いっぱい食わされたと知った一同は、前にも倍するお喋りをはじめた。そして、そのお喋りは、幹事役の吉田貞子が、

「皆さん、お席についてくださーい。」と、いうまで続いていた。

二

細長いテーブルが、四角に並べられて、その正面の中央に、二見が腰をかけている。一人一人の前に、ケーキと紅茶が置いてあった。ただし、二見の前にだけは、大皿に焼芋が盛ってあった。彼が、焼芋が大好きだったことを誰かが覚えていて、特別サービスをしたのである。

「ほう、焼芋か。」

二見は、早速、その一つに腕をのばした。

有子は、二見からすこしはなれた右側のテーブルに腰をかけていた。

吉田貞子の歓迎の辞のあと、二見を中心に、あちらこちらから、自由な発言があって、有子も、この会に出席してよかった、としみじみ思っていた。それほど、打ちとけた愉しい会であった。しかも、有子の横に、在学中、いちばん仲の良かった米川信子がいた。

信子の父は、この町の会社に勤めていた。そして、彼女も亦、卒業と同時に、銀行に勤めているのであった。信子は、有子が、どういう事情で、東京へ行くようになったか、すでに、知っていた。いや、信子だけでなしに、今日の出席者の大部分が、それを知っていたろう。

有子は、信子に聞かれるままに、東京からこの町へ帰って来た理由のあらましを語った。幸せな家庭に育った信子にとって、今日までの有子の苦しみは、考えられないくらいであった。彼女は、

「可哀いそうねえ。」と、心から同情するようにいった。

有子は、わざと、明るく笑って、

「ちっとも、可哀いそうじゃアなくってよ。だって本当のお母さんが、生きていることがわかったんですもの。あたし、勇気が出たわ。」

「では、どうしても、もう一度、東京へ行くの？」

「ええ、明日にも……。二見先生も、明日、東京へお帰りになるんですって。だから、いっしょに行かないか、といわれているんだけど。」

「いいじゃアありませんか。」

「でも、東京へ行ってからが、大変だと思うのよ。第一、家がないんですもの。」

「やっぱり、お父さんの家へ行った方がいいんじゃアない？」

「それが、あたしには、どうしても嫌なのよ。」

「それでは、どうするつもり？」

「あたしにも、わからないわ。だけど、行けば行ったで、きっと、なんとかなるだろ

う、と思うのよ。」

「あんた、大胆ねえ。」

「ううん、必死なのよ。」

が、そのとき有子の見せた笑顔は、信子に、泣き笑いに見えたに違いなかった。彼女は、しばらく考えるようにしていたが、

「ねえ、それなら、いっそ、あたしの叔母さんとこへ行かない。」

「えッ？」

「叔母さんとこの二階が、空いてる筈よ。ひとまず、そこへ落ちついたら？」

「そんなことをしてもかまわないか知ら？」

「あたし、手紙を書くわ。叔母さんて、女の癖に、ちょっとした親分肌なのよ。だから、あんたの身の上を聞いたら、きっと、同情してくれると思うのよ。」

「お願い。そうして。」

有子は、両掌をあわせた。

「もちろん、今日、家へ帰って、相談してみなくてはならないけど、多分、大丈夫だと思うわ。一ヵ月でも二ヵ月でも、あたしの叔母さんとこにいて、あとは、自分の思う通りにすればいいでしょう？」

「そうして頂けると、とてもたすかるわ。その間に、あたし、一所懸命に、勤め口を

探すわ。ああ、これで、なんだか、気分が軽くなったわ。」

「持つべきものは親友でしょう？」

「はい。まったく、その通りであります。このご恩は一生、忘れません。」

「ああ、よしよし。」

そこで、二人は、顔を見あわして、ニッコリと笑い合った。

「おい、こら、そこの二人。」と、二見がいった。

が、それでも、二人は、自分たちのことだとは、気がつかないで、話し合っていた。

一同が、いっせいに二人の方を注視した。重ねて、二見がいった。

「小野有子。」

「はい。」

有子は、つい立ち上って、二見の方を見た。二見は、大真面目な顔で、

「米川信子。」

「はい、先生。」と、信子も、有子にならった。

「どうも、君たちは、さっきから怪しからん。今日の主賓である僕を放っといて、そこで、勝手な話ばかりしている。」

「だって、先生。」と、信子がいった。

「いや、弁解は許さん。三十分間、そのままそこに立っていたまえ。」

そこで二見は、一呼吸をいれてから、

「と、昔なら、いうところだが、今はそういうわけにもいかん。だから、勝手にお喋りをしてよろしい。」

みんな、笑った。二見も笑った。もちろん、有子も、信子も。そして、その笑いが、漸く、鎮まりかけたとき、

「先生。」と、ひょうきん者の相田弘子が立ち上った。

「なんだね。」

「先生は、まだ結婚なさらないんですか。」

「そうだよ。」

「どうして、結婚なさらないんですか。」

「今の月給では食べてゆけないからだ。」

「先生の月給は、そんなに安いんですか。」

「そうだよ。」

「お気の毒ね。」

「これ、ナマをいうんじゃない。そのうちに、一流の画家になるんだからな。」

「でも、先生には、恋人があるんでしょう?」

「さア、どうだかな。」

「先生、本当のことをいって。」

「どうしてだね。」

「実は、この中にも、先生となら結婚してもいい、と思っている人が何人かあるんです。」

「えッ、本当かね。」

二見は、びっくりしたようにいった。さっきから、あちらこちらで、くすくすと笑う声が聞えていた。すでに、有子も、信子も着席していた。

「そうです。」

「誰だね。」

「そんなこと、自分からいえませんわ。先生、おわかりになりません？」

「わからんね。」

「案外、勘がにぶいのね。」

「いったな。」

「先生、口惜しかったら、あててごらんなさい。」

「よーし。」

二見は、端から順番に一同の顔を見て行った。くすくす笑いが鎮まって、誰も彼も、ちょっと取り澄ましたような神妙な顔になっていた。二見の視線は、一瞬、有子の上でとまったようであったが、すぐ、次へ、流れて行った。

「先生、おわかりになって？」と、弘子が、おどけながらいった。

「わかった。」

どこからともなく、二三の溜息がもれた。

「じゃア、いって。」

「それより、僕の方から、質問する。諸君のうちで、僕と結婚したいと思っている者は、手を上げるんだ。」

「あら、そんなの卑怯よ。」

「そうよ、ずるいわ、先生。」

「ずるくてもかまわん。いいかね、いちッ、にいッ、さんッ。」

殆んど半数が、面白がって、はーい、と手を上げた。信子も上げた。しかし、有子には、座興とわかっていつつ、何故か、手を上げる気にはなれなかった。二見は、ふたたび、端から順番に見て行ったが、手を上げていない有子に気がつくと、ちょっと、顔色を変えかけたが、また平静にかえって、

「よし、手を降して。ただし、みんな落第だ。」

「まア、ひどい。」

「先生、後で後悔しても遅いわよ。」

「申し込むんなら、今のうちよ、先生。」

そういう三方からの声を、二見は笑いながら聞き流していた。しかし、ともすれば、彼の視線が、自分の方に流れてくるように思われたのは、有子の気のせいだったろうか。

三

有子と二見は、岡田の小母さんをはじめ、多くの人人に送られて、翌日、田舎の駅を発った。

有子は、岡田の小母さんの家を、早い目に出て、ひとりで、あの岡へ登った。いうまでもなく、さようなら、をいうためであった。しかし、今日の岡の上の青空は、雲にさえぎられていて見えなかった。過去の有子なら、それを、東京で悪いことの起る前兆のように考えたかも知れない。が、今日の有子は、違っていた。もちろん、せっかく来たのだから、青空が見えてほしかった。その方が、どんなにか嬉しかったろう。しかし、有子は、すでにどんな雲が出ていても、その向うには、青空があるということを固く信じる娘になっていた。徒らに、雲を怨んだり、恐れたりはしない娘になっていた。だから、彼女は、雲に向って、

「青空さん、さようなら。」と、大声で叫んだのである。

その声は雲の彼方の青空にも、聞えた筈であった。そして有子は、いつの日にか、もう一度、この岡の上に来ることがあるような気がしていた。そのときは、決して、有子ひとりではないのだ。きっと、母が横にいる！

汽車が、駅をはなれた。有子の掌に、信子が書いてくれた、その叔母宛の手紙が握られていた。中に、どういうことが書いてあるか、もちろん、有子には、知る由もなかった。が、相当、分厚い手紙であった。信子が、昨夜、その父母と相談した上で、二時間もかかって書いたのである。その手紙のことは、すでに、二見も知っていて、むしろ、それをよろこんでくれた。さっき、駅では、窓から顔を出して、

「先生、まるで、新婚旅行みたいね。」

と、いったりして冷やかす生徒たちに、

「そうだ。よく、似合うだろう？」

と、負けずに応酬していた二見も、二人っきりになると、流石に気疲れがしたのか、ぐったりとなって、両眼を閉じていた。

有子は、窓の外を眺めながら、この前、おじいさんと二人で、東京へ向ったときのことを思い出さずにはいられなかった。あのときは、緊張感と不安のために、感情が昂ぶって、なかなか、寝つかれなかった。しかし今の方が、これからのことを思うと、もっと、不安である筈だった。にもかかわらず、有子は、不安は不安として、そこに、

一つの覚悟が出来ているようだった。それほど恐れずにいられた。

（あたしの再出発なんだわ！）

それに、東京には、父もいる。おじいさんもいる。弘志もいる。そして、広岡も。いや、いちばんの大きな希望は、母がいる、ということなのだ。

二見は、眠っているようだ。有子も、眼を閉じた。そして、いつか、本当に眠ってしまった。

しかし、二見は、眠ってはいなかったのである。彼は、閉ざした瞼《まぶた》の裏で、一昨日の岡の上での出来事を思い出しているのであった。更に、昨日の歓迎会の席上で、有子が、手を上げなかったことが、彼の心を、そこはかとなく苦しくしていた。もちろん、ああいう冗談とも本心ともつかぬ席で、有子が手を上げたところで、それが、彼女の本心ということにはならないだろう。しかし、手を上げなかったということが、そのまま、有子の本心を現わしているような気がするのであった。

彼は、眼を開いて、有子の寝顔を見つめた。あくまで、清純であった。たとえば、彼を追っかけまわしてやまぬ稲川青子などとは、比較にならぬくらい清純であった。二見は、今にして、有子への愛情を、はっきり、意識しないではいられなかった。いや、そもそも、有子を好きだ、と思ったのは、お互が、教師と生徒という間柄にあったときからでなかったろうか。その遠い芽生えが、ようやく、今日、花を開きかけて来たのである。彼は、そう思わずにはいられなかった。

有子は、ふと、眼を開いた。彼女は、じいっと、自分を見つめている二見の眼に、顔をあからめた。二見は、急いで、視線をそらしたが、何気ないように、

「疲れたろう?」

「そうでもありません。」

「東京へ行ってすこしヒマが出来たら、僕に君をモデルにして、画を描かしてくれないか。」

「あたしなんかダメよ。先生。」

「頼むよ。ぜひ君を、描いてみたいんだ。」

そのとき、有子は、二見のアパートで見た何枚もの画を思い出していた。二見は二見なりに、一所懸命に頑張っているのだと、彼のために祝福してやりたいと思ったのだった。

「いいわ、先生。」

「有難う。」と、二見は、頭を下げた。

「傑作を描いてね。」

「もちろんだよ。そのかわり、及ばずながら、僕も、君のお母さんを探すことに協力するよ。」

「先生、お願いします。」

「しかし、その前に、職業を探さなくてはいかんな。」

「あたし、銀座の『ロマネスク』という喫茶店へ行って、もう一度、ママさんに、お願いしてみようか、と思ってるんですけど。」

「しかし、そのママさんの弟が、大阪から出て来たら困るだろう?」

「ええ。でも、ママさんて、とても、いいひとなんです。」

「それはわかるが、僕としては、反対だなア。」

「どうしてですの、先生。」

「僕にいわせると、日興電機の重役のお嬢さんが、なにも、そんなことをしなくても――。」

「先生、それは、おっしゃらないで。」

「いや、僕は、いいたいんだ。いわずにはいられないんだ。ということは、君が、可哀そうだからなんだ。いいかね、君のお父さんさえ、もっと、しゃんとしていたら、君が、こんなに苦労をしなくてもすんだ筈だ。ねえ、そうだろう?」

「………。」

「僕は、東京へ行ったら、君のお父さんに、面会を申し込むつもりだ。」

「それだけは、よして。」

「何故？」

「これ以上、お父さんを苦しめたくないからです。」

「僕にいわせると、君は、間違っている。君のお父さんだって、君が、急にいなくなって、どんなに心配しているか知れないよ。だから、安心させてやるためにも、君の居所を知らせておくべきだよ。」

有子は、頷いた。二見のいうことが、わかるのである。しかし、有子は、あの照子や達子のことを思い出すと、どうしても、その気にはなれないのであった。家出をしたくせに、陰でこっそりと、父の援助を受けている、といわれることが嫌なのである。これは、有子の意地、といっていいかも知れない。この意地ゆえに、彼女が必要以上に不幸になっているのだともいえよう。しかし、有子は、この意地だけは、あくまで、貫き通したいのであった。そして、この意地だけが、彼女を、産みの母に会わせる道に通じているのだ、と信じていた。

「やっぱり、当分の間、あたし、父には黙っていたいんです。」

有子は、強くいった。

四

朝の東京駅は、いかにも、活気に満ちていた。ここまでくると、あの田舎のおだやかさが、まるで、別の世界のように思い出されてくる。

「お母さんのいる東京だわ。」

　有子は、何度も、それを思った。もしかして、母らしいひとと行き会わないかと、そこらを見まわす有子の瞳も、すでに、真剣であった。

「これから、すぐ、行く？」と、二見がいった。

「ええ、とにかく、行ってみよう、と思います。もし、断られたら、どっか、よそを探さねばなりませんから。」

「じゃア、僕も、いっしょに行こう。」

「だって、先生は、今日、会社へ行かねばならないんでしょう。」

「いいよ。場合によっては、もう一日、休暇を貰う。」

「悪いわ。」

「しかし、僕としては、このまま、君を放っとくわけにはゆかんからな。」

「大丈夫よ。どっちにしても、すぐ、ご連絡しますから。」

「いやいや。君って娘は、放っとくと、どこへ飛んで行くかわからん。そういう娘だ。」

「まア、ひどい。」

「とにかく、そこらで、朝ごはんを食べようじゃないか。」

「はい。」

二人は、名店街の喫茶店に入った。そこで、コーヒーとトーストを注文した。

「僕は、ちょっと、会社へ電話をしてくるからね。」

そういって、二見が、入口にある電話の方へ歩いて行った。

信子が手紙を書いてくれた叔母の家は、目黒区の祐天寺にあった。が、東京のことは、ロクに知らぬ有子には、どうして行っていいのか、見当がつかなかった。その点、二見がいっしょに行ってくれたら安心なのである。しかし、有子の不安は、果して、信子の叔母の家で、彼女のような境遇の女を気持よく置いてくれるかどうか、ということであった。たとえ、断られても、文句のいいようがないのである。かりに、置いてくれたとしても、職業を持たぬ彼女を、いつまでも、笑顔で迎えてくれるかどうかも、疑問であった。二見が、帰って来た。

「困ったよ。」

「どうなさったの？」

「会社へ電話をしたら、課長が、急用があるから、どうしても、すぐ出てこい、というんだよ。」

「いいわ、いらっしゃって。あたしは、なんとかして一人で参りますから。」

「ひとりで行ける？」

「行けますとも。あたしだって、もう、子供じゃアないんですから。」

「しかし、やっぱり、心配だなア。会社へ電話をしなくて、このまま、休んでしまえばよかったんだよ。」

「そんなこと、いけませんわ。」

「なんだか、おかしな具合だなア。先生であった僕が、生徒であった君から、まるで、説教されてるみたいだぞ。逆だよ。」

そういって、二見は、苦笑した。つい、有子も、笑った。そのとき、一人の青年紳士が、二人の方へ近寄って来た。有子は、何気なく、そっちの方を見て、

「まア、広岡さん。」と、叫ぶようにいった。

自分の部屋

一

有子は、立ち上った。懐かしさに、胸を躍らせていた。そのとき、有子は、無意識

のうちに、満面で笑っていたのである。

しかし、広岡の顔は、すこしも、笑っていなかった。食い入るように、有子の瞳を見つめていた。

有子の顔から、笑いが消えた。

(広岡さんは、憤ってらっしゃるんだわ！)

彼女は、罪人のように顔をふせた。

(無理もない……。だって、あたしは、指きりまでして、手紙を出すと約束したのに、それを実行しなかったんだもの)

しかも、広岡から、五千円を借りて、それも、そのままになっているのである。どんなに憤られても、仕方のない自分なのだと、有子は、絶望的になっていた。

(きっと、広岡さんは、あたしを、心の底から軽蔑していなさるに違いないわ)

いっそ、広岡に会わねばよかったのだ。

「有子さん。」と、広岡が、はじめて、口を開いた。

有子は、恐る恐る、顔を上げた。しかし、彼女が見たのは、広岡の笑顔だったのである。昔とすこしも変らぬ、優しい笑顔であったのである。とたんに、有子は、直感した。

(広岡さんは、憤ってなんかいなさらない！)

一度は、絶望におちいった有子の心は、たちまち、歓喜の声をあげはじめた。

「とうとう、また、お会い出来ましたねえ。」

それまで、二人のようすを、黙って見ていた二見は、

「どなた?」と、有子に聞いた。

有子は、いつか、二見のことを忘れていた自分に気がついて、

「ご紹介します。」と、あわて気味でいった。「こちらは、あたし、父の家でお知り合になった広岡さんです。そして、こちらは、あたしの高校の先生で、今は、東京に勤めていなさる二見さん。」

二人の男性は、名刺を出しあって、どうぞ、よろしく、と挨拶をし合った。

「僕も、この席へ入れていただいていいですか。」と、広岡がいった。

「どうぞ。」と、二見が、気持よく、応じた。

広岡は、椅子に掛けると、コーヒーの注文をした。そして、有子に、

「いつ、東京へ出て来たんですか。」

「たった今。」

そういってから、有子は、二見のことを、弁解するように、説明しないではいられなかった。

「ちょうど、先生も、帰省していらっしゃったんで、ごいっしょに出て来ましたの

よ。」

広岡は、頷いてみせてから、しかし、そのことが、いちばん、重要なことだ、というように、

「で、お母さんに、お会いになれましたか。」

有子は、頭を横に振った。

「でも、東京にいることだけは、わかりましたのよ。」

「東京に？」

「だから、すぐ、出て来ましたの。」

「よかった。」と、広岡がいったのは、有子の母の行方の一端がわかって、という意味であったろうが、しかし、同時に、有子が、東京へ戻ってくれて、との意味も含んでいたかも知れないのである。

「だけど、それ以上のことは、まだ、わかりませんのよ。」

「もちろん、僕は、協力しますよ。」

「お願いします。」

「失礼ですが。」と、一見が、広岡にいった。「実は、僕、これからすぐ、会社へ行かねばならないんです。だから、どうしても、小野君を祐天寺まで、送ってやることが出来ないんです。」

「小野君が、当分の間、下宿することにきめている家があるんです。で、恐縮ですが、あなたの方で差し支えがなかったら、送ってやって頂けませんか。」

「祐天寺?」

「送りましょう。」

「でも、そんなこと、悪いわ。」

「いや、送りますよ。僕は、大阪へ行く父を送って来たので、自動車を持って来ていますから。」

「なおさら、好都合だ。お願いします。小野君、いいだろう?」

「だって……。」

「いや、送って貰いたまえ。僕の見るところでは、広岡さんは、絶対に、間違いのない人だ。」

「信用してくださいますか。」

「します。」

「有難う。責任を以て、お送りします。」

「じゃア、僕は、これで。」と、二見は、立ち上った。

「先生、どうも、有難うございました。」

「僕は、これでも、君の恩師だからね。」

二見は、明るく笑ってから、

「広岡さん、もし、よろしかったら、今後、僕と友達になってくれませんか。」

「それは、僕の方から、お願いしたかったところですよ。」

「あなた、お酒は？」

「多少は。」

「近く、いっしょに、飲みませんか。こちらから、お電話をします。」

「お待ちしています。」

「しめた。」

「嫌な先生ね。」

「生徒は、黙っていたまえ。では。」

二見は、最後に、もう一度、有子を見てから、自分たち二人の伝票を持って、その場を、はなれて行った。しかし、彼は、その店を一歩出ると、急に、暗い表情になってしまった。有子や広岡の前で見せていた明るさとは、全く、別人のような暗さであった。

（彼は、彼女を愛している……）

思いがけぬ強敵の出現に、二見は、狼狽していた。

（そして、彼女も……）

しかし、二見には、有子が、広岡を愛している、と断定する勇気はなかった。そんなこと、わかるもんか、といいたいのであった。にもかかわらず、二見の心は、沈んでゆくのである。彼は、たとえ課長から、どんなに叱られようとも、このまま、引っ返して、有子を祐天寺まで、送ってやりたかった。広岡にまかせないで、自分が、その役目を果したいのであった。しかし、やっぱり、二見の足は会社の方へ向いていた。

(僕は、絶対に、彼女をあきらめないぞ)

彼は、心の中で、そう、叫んでいた。

(彼女は、僕の画のモデルになる、といってくれた。だから、これからだって、いくらでも、チャンスがあるのだ)

彼は、自分で、自分の心を慰めるようにいっている。そして、彼は、最後に、誓った。

(何れにしろ、僕は、彼女に対しては、あくまで、フェアプレイでゆきたい。何故なら、僕は、彼女の恩師であるからだ)

二

「……そうだったんですか。」

広岡は、唸るようにいった。

広岡は、自分で、自動車を運転していた。そして、彼の運転振りは、すっかり、堂に入っていて、すこしの危げもなかった。

有子は、すすめられるがままに、広岡と並んで、運転台に乗っていた。彼女が、こういう高級車に乗るのは、これで、二度目であった。一度は、父が、会社から、わざわざ、青山の家まで、彼女を迎えに、会社の車をまわしてくれたときである。そのときの父のやさしさが思い出され、ふっと、その父に会ってみたくなった。が、有子は、すぐに、そういう思いを打ち消すように、頭を横に振った。父のかわりに、母のことを思った。

（ここが、お母さんのいる東京なのだ）

有子の窓の外の人を眺める眼つきに、光が加わってくるのである。

「しかし、あなたも、苦労したんだなア。」と、広岡がいった。

「そうでもありませんのよ。」

「僕は、あなたが、自分の苦労に、ちっとも、めそめそしたりしないところが、偉いと思うんです。」

「だって、あたしって、いけない娘でしょう？」

「どうして？」

「あんなに約束をしながら、お手紙を出さないで。」

「そう。その点では、僕は、あなたを怨んでいた。」

「ごめんなさい。」

「あやまりますか。」

「はい。」

「だったら、許してあげます。」

「それから、五千円も、お返ししなくっちゃアならないんですけど。」

「あんな金、いいですよ。」

「いいえ、きっと、返しますわ。でも、もう、しばらく、待っていただきたいんですの。働いて、かならずお返しいたします。」

「いっそ、これから、僕の家へ行きませんか。母は、きっと、大歓迎しますよ。」

有子の頭の中に、銀座のレストランで会った広岡の母の温顔が現われて来た。そのひとは、自分のために、わざわざ、青山の家まで、義母に会いに来てくれたのであった。会ってみたかった。会って甘えてみたい気がした。しかし、有子は、いった。

「やっぱり、よしますわ。」

「どうして？　僕の母が、嫌いですか。」

「いいえ、大好き。でも、そんなことあたしの父に、悪いんですもの。」

「悪いもんですか。」

広岡は、憤ったようにいった。

「僕は、あなたから手紙がこないので、何度あなたのお父さんに会いに行こう、と思ったか知れませんよ。」

「まア。」

「だって、自分の娘が、家出をしたというのに、いつまでも、放っとくなんて。」

そういわれると、有子も、一言もないのであった。うなだれてしまった。

「僕は、もう一週間、あなたから手紙がこなかったら、あなたの田舎へ行ってみよう、と思っていたくらいです。」

「………」

「かりに、あなたのお父さんが警察へ娘の捜査願でも出しているんでしたら、当然、田舎へも、その連絡が行っている筈ですよ。それなのに、田舎では、全然、そういう気配がなかったんでしょう?」

「ええ。」

「だから、僕は、今、あなたのお父さんに対して、あまりにも不人情だと、あらためて、腹を立てているんです。今日まで、僕が、あなたのお父さんに会いに行かなかったのは、あなたと約束をしたからです。が、今は、詰問してあげたいくらいです。」

「いいえ、父だって、父なりに、苦しんでいると思いますのよ。」

「わかるもんですか。だから、僕は、今は、あなたは、お父さんのことなんか考える必要がないのじゃないか、と思ってるくらいです。」

「あたしには、自分を産んでくれた母が、いちばん、大切なんです。」

「だから、僕の家へ来なさい、といってるんです。いっしょになって、探しましょう。」

しばらく、黙っていてから、有子は、

「あたし、やっぱり、このまま、祐天寺へまいりますわ。だって、せっかく、友だちが紹介状を書いてくれたんですもの。」

「あなたって、案外、強情なんだなア。」

そんな娘、嫌いですか、と聞きたいところだった。が、有子には、いえなかった。素直に、はい、といった。広岡は、笑った。

「どうなさったの。」

「いや、あなたって、本当にいいひとだ、と思ったんです。じゃア、せめて、今後のあなたの就職の世話をさしてください。」

「その方は、銀座の喫茶店『ロマネスク』へ行って、ママさんに頼んでみるつもりですけど。とても、いいひとなんです。あたしは、ぜひ、ママさんに、大阪のご恩返しがしたいんです。」

広岡は、黙り込んだ。有子に、そういう職業につかせたくないのであった。そういう職業を、彼は、軽蔑しているのでは、決してなかった。しかし、彼が口を利けば、ちゃんとした事務員になれる会社がいくつか、あるような気がしていた。が、すぐ、思い直した。彼女のそういう意志は、あくまで、尊重することである。しかし、どういう場合でも、彼女のうしろから、見まもっていてやろう。それこそ、強制のともなわぬ愛情というものでなかろうか。有子のような娘には、今の苦労が、そのうちに、きっと、見事な実を結ぶに違いない。

が、広岡は、さっきの二見のことを思い出すと、ふっと、胸が痛んでくるのであった。彼は、いわずにいられなくなった。

「いつかの靴……。」

「えッ？」

「僕は、今でも、大事にしまっていますよ。いつでも持って来ますが。」

またしても、しばらく、黙っていてから、有子は、いった。

「当分の間、預っておいていただけません？」

「どうして？」

「だって、あの靴は、広岡さんが、お買い戻しになったんですもの。」

もし、あの靴を、ふたたび、自分が履くとしたら、それは、広岡の愛情を受け入れる日ではなかろうかと、有子は、頬のあからむ思いで、ひそかに、思っていた。が、そういう日は、果して、くるであろうか。

広岡の運転する自動車は、祐天寺に近づいていた。

三

米川信子の叔母の春子は、でっぷりとふとっていて、信子のいう、いかにも、親分肌の人らしかった。春子は、信子の手紙を読んで、

「ああ、いいですとも。」と、あっけないくらいあっさり、有子を引き受けてくれたのである。

一つには、自家用車に乗った広岡が同伴していたので、よけいに、有子を信用する気にもなったのであろう。広岡は、自分の名刺を出して、有子のために頼んでくれた。広岡は、もっと、有子といっしょにいたいらしかったが、しかし、彼もまた、今日は出勤しなければならないのであった。未練を残して、帰って行った。

春子は、

「なかなか、立派な自動車ですねえ。」と、遠ざかって行く、広岡の自動車を、有子といっしょになって見送りながらいって、更に、「それに、運転している人も、立派ですよ。」

「ええ。」

「恋人？」

　春子は、遠慮なしに、聞く。

「違います。」

　有子は、あかくなった。

「でも、まだ、独身でしょう？」

「はい。」

「前途有望、というところだね。」

　有子には、春子が、広岡の前途を有望といったのか、それとも、二人の将来が、前途有望である、といったのか、わからなかった。わからなかったけれども、春子のさっぱりした性分が好きになれそうであった。

　春子の主人は、会社へ勤めていた。そして、春子は煙草屋を経営しているのであった。子供のない家であった。

　有子の部屋は、一ヵ月前まで、学生に貸していた二階の六畳間ときまった。当分の間、蒲団も貸してくれることになった。有子は、涙が出るほど、嬉しかった。しかし、気になるのは、部屋代のことであった。

「学生さんには、四千円貰っていたんだけど、あんたは、姪の友達なんだし、そうも貰えないね。」

「すると？」

「三千円でどうお？」

「有難うございます。でも、小母さん。あたし、これから勤め口を探さなければなりませんの。だから、それまで、待ってくださいません？」

「いいとも。あんたには、あんなに立派な保証人がついているんだからね。」

春子は、あくまで、親分らしく、神経質なところがなかった。

春子は、信子の手紙によって、有子が、どういう身の上の娘か、すでに、おおよそのところを知っているのであった。だから、まさか、という場合には、青山の小野家へねじ込んで行けばいいのである。しかし、春子が、有子に親切にしてやる気になったのは、この娘を一目見て、好きになったからであった。すこしも、卑しいところがない。しかも、清潔である。折を見て、この娘のために、一肌も二肌も脱いでやってもいい、と考えていた。そういうことの好きな性分であった。

有子は、二階に落ちついた。なにもないガランとした部屋なのである。しかし、ここは、自分の部屋なのだ。大阪でも、そうだったが、しかし、意味が違う。だから、有子にとって、はじめて、自分だけの部屋を持つことが出来たのである。まるで、嘘のような気がする。しかし、今、有子は、まぎれもなく、たった一人で、自分の部屋に住んでいるのであった。

（一所懸命に働こう）

そして、働いたお金で、徐徐に、この部屋を飾ってゆくのである。いつまでも、蒲団をかりているわけにはゆかない。先ず、蒲団を買って、次に、机、ラジオ、タンス……。有子の最後の夢は、この部屋で、母といっしょに暮すことであった。一軒の家で、などとは思っていない。もちろん、それに越したことはない。しかし、有子は、母親といっしょに暮せるなら、どんな部屋でもいい、と思っているのである。

階段を上ってくる跫音が聞えた。振り向くと、お茶道具を持った春子であった。

「落ちつけそう？」と、春子がいった。

「はい。」

有子は、微笑んだ。

「まア、お茶でもお上り。」

「すみません。」

お番茶であった。しかし、有子は、過去に、こんなにうまいお茶を飲んだことがなかったような気がしていた。つい、眼頭を熱くしてしまった。それを見つけて、春子が、

「どうしたの？」

「あんまり、嬉しくって。だって、もしかしたら、ここに、置いて貰えないかも知れない、と心配して来たんですもの。」

そんな有子を、春子は、じいっと見つめて、

「可哀そうに、苦労したんだねえ。」と、同情に耐えぬようにいった。

四

有子は、その日の午後から、銀座へ出かけた。一時間ほどかかって、やっと、喫茶店「ロマネスク」を探し出した。そこは、大阪の店よりも、もっと、高級のようだった。

有子は、ドア越しに、中を覗いた。もしかしたら、ママさんが来ていないか、と思ったのである。しかし、いないようだった。有子は、しばらく、思案してから、思い切って、中へ入って行った。

「いらっしゃいませ。」

が、有子は、客にはなれないのである。六十円のコーヒー代が、惜しいのである。

入口の勘定台の横にいた女に、

「ちょっと、お尋ねしますが。」

「はい。」

「ママさんは、大阪から、来ていらっしゃらないんでしょうか。」

女は、しばらく、有子の顔を見ていたが、

「昨日、お帰りになりました。」

「昨日？」

有子は、失望した。

「すると、こんど、いらっしゃるのは？」

「一週間、たたないと……。」

「そうですか。」

「どなたでしょうか。」

「小野と申します。」

「小野さん？」

「はい。一週間たったら、また、来ますけど……。」

有子は、そういいながら、店の中を、見まわした。給仕女が、四人いる。それだけで、十分のようであった。レジスターも、ちゃんといる。となれば、有子が、いくら頼んでも、自分が、この店へ入り込む余地なんかないようだ。恐らく、ママさんに会っても、無駄だろう。眼の前の女は、ジロジロと、有子を見ている。それに気がつくと、有子は、

「失礼しました。」と、早早に、その店を飛び出した。

ママさんに会えたら、なんとかなりそうな気がしていたのである。それを思って、心を明るくしていたのであった。

有子は、銀座裏の雑沓の中を歩きながら、途方に暮れていた。一日も早く職を見つけなければならないのである。今は、一日も、遊んでいられないのである。

（いっそ、広岡さんにお願いしてみようか知ら？）

が、出来ることなら、広岡に、そういう迷惑をかけたくないのであった。これ以上、広岡に甘えたくないのであった。

それは、決して、有子の意地というようなものではなかったろう。そういうことをしては、父の名にかかわる、と思っているのである。広岡が、不人情だ、と罵った父の名を、有子は、それほど、大切にしているのであった。

あるいは、有子のそういう心は、他人には、矛盾だらけに見えたかも知れない。たしかに、矛盾に満ちている。しかし、彼女の心の中では、それが矛盾ではなかった。

何故なら、有子は、時には、父親を、不人情だとも、冷淡だとも、ひそかに思いつつ、なおかつ、深く愛しているからである。そして、彼女が、それほど、父を愛しているのは、その父が、今もなお彼女を産んだ母親を、愛してくれているに違いない、と思っているからでもあったろう。

有子は、父が、本当に愛しているのは、あの達子ではなしに、彼女を産んだ母親なのだ、と信じていた。

もちろん、達子という妻がありながら、有子の母親を愛した父の行為は、絶対に、ほめられない。許すことは出来ない。そのために、有子の今日の不幸があるのだ、ともいえるのである。

しかし、有子は、この世に、自分という女の産れて来たことを、不満には思っていなかった。怨んではいなかった。父が、母親を愛してくれたればこそ、自分という女が産れて来たのである。そして、母親は、父に愛されるだけの値打のあった女なのだ。

(死んだおばあさんだって、あたしのお母さんのことをほめていらっしたわ)

有子は、そう叫びたいのであった。

いつか、有子は、銀座の表通りへ出ていた。今は、祐天寺のあの自分の部屋へ帰るより仕方のない有子であった。

そのとき、うしろの方から、

「お姉さアん、お姉さアん。」と、息を弾ませながら、追ってくる声が聞えた。

有子は、振り向いた。

「まア、弘志さん!」

弘志は、そこが、銀座の真ン中であるということを忘れたように、

「お姉さん、ひどいや。急に、いなくなったりして。」と、大声でいって、有子の胸に、しがみついて来た。

父と娘

一

有子もまた、そこが、銀座の真ン中であることを忘れて、その胸に弘志を、両手で抱き緊めずにはいられなかった。

「お姉さん、お姉さん。」と、いいながら、弘志は、なおも、しがみついてくる。

有子は、自分が、弘志に、こんなにも慕われていたのであったかと、なにか、胸底から、じいんと、熱いものが込み上げてくるような思いであった。

人人は、二人を、不思議そうに見ながら、通って行く。中には、立ちどまって見ている人もあった。有子は、それに気がついたけれども、別に、恥ずかしいことだとも思わなかった。が、弘志とは、このままでは、離れたくない。いろいろのことを、たくさん、聞いてみたいのである。

「弘志さん、ひとり？」

その頃になって、やっと、弘志も、すこし、落ちつきを取り戻していた。顔を上げて、

「うん。お姉さんは？」

「あたしも、ひとり。ねえ、しばらく、どっかで、話さない。」

「話そう。」

有子は、そこらを見まわした。すぐそこに、喫茶店があった。さっきは、六十円のコーヒー代を倹約するために、「ロマネスク」の客にならなかった彼女なのであった。しかし、今は、そんなことをいっていられないのである。弘志とゆっくり話をするためには、どうしても、喫茶店の椅子が必要なのだ。

「弘志さん、あそこへ入りましょう。」

「うん。」

先に立つ有子のうしろから、弘志は、嬉しそうについてくる。そんな弘志が、有子に、いよいよ、可愛いいのであった。この弘志と、自分は、母親が違うのだ、ということが不思議な気さえしてくる。

二人は、喫茶店の椅子に、腰を下した。有子は、メニューを眺めて、コーヒーだと

六十円だが、ミルクだと四十円であることをたしかめて、

「弘志さん、ミルク、嫌い？」

「どうして？」

「弘志さんにならお姉さん、なんでも正直にいうけど、あたしね、今、あんまり、お金を持っていないのよ。」

「お金なら、僕、ここに五百円持っている。お姉さんにあげようか。」

弘志は、もう、ポケットに手を入れかけている。

「いいのよ。ただ、ミルクだと安いから、それで、我慢してくれる？」

「僕は、ミルク、大好きだよ。」

「よかった。」

有子は、ミルクを注文した。

「お家の皆さん、お元気？」

「ううん、お父さん、病気なんだよ。」

「えッ？」

有子の顔色が、さっと、変った。

「入院しているんだよ。」

「まア、本当？」

「本当だとも。だって、僕、この前の日曜日にも、病院へ行って来たんだ。」

「どこが悪いの？」

「お腹だって。」

「いつからよ。」

「お姉さんが家出をした翌日だよ。」

「そんなに長く入院してなさるの？」

有子の膝のあたりが、ガクガクと、ふるえて来そうであった。彼女の頭に、すぐ、閃いたのは、そんなに長く入院していて、お腹の病気、というからには、胃癌なのではあるまいか、ということであった。彼女は、すぐに死を連想した。

(今、父に死なれたら？)

有子の膝のふるえが、ますます、激しくなってくる。ミルクが来たけれども、それに、手を出す気にもなれなかった。

「それで、いつ、退院なさるの？」

「僕、よく、知らない。」

「どこの病院？」

「K病院。」

「そこへ行く道、弘志さんにわかる？」

「わかるとも。お姉さんが行くんなら、僕、いっしょに行ってあげようか。」

「これからでも、お家の方、かまわない？」

「かまうもんか。」

しかし、そのいいかたは、凡そ、少年らしからぬ、なにか、投げやるように、有子に感じられた。有子は、弘志の顔を見直した。彼は、唇を噛んで、腹立たしそうな表情でいた。

「弘志さん、もう、用事がすんだの？」

「僕、用事なんかないんだ。ただ、銀座へ遊びに来たんだ。」

「お母さんにいって？」

「いうもんか。」

「じゃア、心配されるでしょう？」

「心配なんか、するもんか。だから、いいんだ。ねえ、お姉さん、すぐ病院へ行こうよ。僕、お姉さんと、いっしょに行きたいんだ。お父さん、きっと、よろこぶよ。」

弘志は、今にも、立ち上りそうな気配を見せていた。

しかし、有子は、立たなかった。さっきからの弘志のようすは、ただごとではないのである。なにかあるのだ。そのため、弘志は、こんな不良少年みたいな口のきき方をしているのではあるまいか。

「弘志さんは、その後、お勉強をしているの？」

有子は、口調を優しくしていった。

「僕、勉強なんか、大嫌いさ。」

「いけないわ。お姉さんがいるときには、あんなによく勉強したのに。」

「だって、誰も、僕の宿題を見てくれないんだもの。」

「照子お姉さんは？」

「聞きに行ったら、面倒臭いわ、と睨むんだよ。」

「でも、お兄さんなら、おしえてくださるでしょう。」

「おんなじさ。」

「じゃア、お母さんに聞けばいいじゃアありませんか。」

「だって、お母さんは、毎晩、遅く帰るし、家にいるときは、お客が次次にあったりして、忙しそうだし、誰も僕の相手になんかなってくれないんだ。」

有子には、弘志が、家の中で、どういう扱いを受けているか、わかるような気がした。同時に、かつて自分が受けた屈辱的な待遇も思い出されて来て、憤りを感じないではいられなかった。あの家には、父がいなかったら、ダメなのだ。しかし、その父は、入院している。いや、そもそも、ああいう家庭にしたのは、父の責任でなかったのか。有子は、父を愛している。が、この際、それを責めたいような思いもないではなかった。

「弘志さん。宿題なんて、本当は、一人でするものよ。」

「わかっているよ。だけど、わからんところがあったら、おしえてくれてもいいじゃアないか。」

「そうね。」

「だから、僕、お姉さんといっしょにいたいんだよ。」

「まア。」

「お姉さんの今のお家、広いの？」

有子は、弘志の子供らしい質問に、苦笑を誘い出されながら、

「お姉さんは、今、よそのお家の二階の六畳間に、間借りしているのよ。」

「僕を、おいてくれない？」

「とんでもない。第一、お蒲団だってないわよ。」

「僕のお蒲団を持って行けばいいでしょう？」

「そんなこと、お母さんが、お許しになるもんですか。」

「じゃア、いいといったら、かまわない？」

「ダメにきまってるわ。」

「お姉さんは、僕が嫌い？」

「好きよ。大好きよ。」

「僕だって……。だから、いっしょにいるようにしてよ。」

「ねえ、そんな話は、あとにして、大急ぎで病院へ行ってみない？」

「うん、行こう。」

「でも……。」

「どうしたの？」

「病院に、誰か、お家の人が、いらっしゃるんじゃアない？」

「いないよ。看護婦さんだけだ。」

二

二人は、喫茶店を出ると、有楽町まで歩いた。そこから、国電に乗った。電車は、空いていて、二人は、並んで席を取ることが出来た。有子は、あとしばらくで、父に会えるのだ、と思うと、胸がおののいてくるのであった。嬉しいのだ。しかし、心配をかけたことでは、恐らく、叱られるだろう。叱られてもいいのだ。父になら、いくら叱られても、有子は、かまわないのである。

かりに、父が、今も、元気で会社にいるのであったら、たとえ、弘志に会ったとしても、有子は、自分から父に会いには行かなかったに違いない。しかし、父は、病床にある。しかも、彼女は、父の死ということを考えて、脅えているのであった。

「お姉さんが家出をした日に、お父さんが、青い顔をして帰って来たんだ。それなのに、お母さんと喧嘩をはじめたよ。」

「まア、どうしてなの？」

「僕、よく、わからなかったけど、お姉さんのことでらしいんだ。」

「そう……。」

「お母さんは、勝手に家出をしたんだから、あんな娘、放っとけばいい、といっていたようだったよ。」

「……………」

「だけど、僕、病院へ行って、誰もいないとき、お父さんに、いっておいたよ。」

有子は、弘志の顔を見た。弘志は、得意そうに見返して、

「照子姉さんが、お姉さんの本当のお母さんの写真を破いたから、それで、お姉さんが、憤ったんだって。」

「そんなこと、いったの？」

「それに、照子姉さんが、お姉さんに、この家から出て行け、といったことも。」

「弘志さん、知ってたの？」

「知ってるさ。だって、僕は、あんとき、お部屋の外に、立っていたんだもの。」

「そうだったわねえ。それで、お父さん、なんと、おっしゃって？」

「しばらく、黙っていてから、そうだったのか、といったよ。あのとき、なんだか、お父さん、泣いていたようだった。」

「泣いていらしたの？」

「うん。そして、そのあとで、お父さんが、僕にいったよ。弘志は、有子姉さんが、好きらしいな、と。ちょっと笑いながら、そういったよ。」

「で、弘志さん、どう、答えたの？」

「はじめは、大嫌いだった。」

「そうね。」

「いじめてやるつもりだったけど、喧嘩しても、僕より強いし、宿題だって、ちゃんと見てくれたから、だんだん好きになった、と答えた。」

「そうだったわねえ。」

「今では、照子姉さんなんかより、よっ程、大好きだ、といったら、お父さんは、そんなこと、照子にいってはいけないって。」

「そうよ。」

「だけど、有子姉さんを好きになってくれて、お父さんも嬉しいんだって。」

「お父さんが、そんなことまで、おっしゃったの？」

「だから、僕も、嬉しくなっちゃった。」

有子は、弘志の口を通じて、父の愛情を、しみじみと感じないではいられなかった。しかし、そういう父の立場は、決して、幸せとはいえないだろう。たしかに、父は、社会的には恵まれている。その名も、世間に通っている。だからこそ、有子は、その名を穢すまいと、今日まで、苦労して来たのであった。ある意味では、そんな有子の苦労は、必要以上のものであった、ともいい得るだろう。しかし、有子は、そのことを、すこしも、後悔していなかった。が、それほど、社会的に恵まれた父も、家庭においては、不幸なのだ。自分だけでなしに、有子の本当の母をも不幸にしたのだ。自分の不幸は、自業自得としても、母をも不幸にしたことで、父は、大いに責められていい筈である。にもかかわらず、有子は、どうしても、父を責めたり、憎んだりは、出来ないのであった。

そして、更に、有子は、思わずにはいられなかった。父は、自分自身と有子の本当の母を不幸にしただけでなしに、その妻と三人の子供をも不幸にしているのである、と。

二人は、信濃町駅で下車した。病院の門を通り抜けて、中へ入って行った。たくさんの人人が出入りしていた。中には、青い顔をして、看護婦につき添われながら、のろのろと、歩いている人もあった。

ふと、歩みをとめて、有子は、いった。

「弘志さん。あんた、悪いけど、先に行って、病室のようすを見て来てくれない？」

「どうして？」

「もし、お家の人がいらっしたら、あたし、今日は、遠慮するわ。そうだったら、あたしが来ているということは、誰にもいわないで、あんたは、なんとなく、お見舞に来たといって、そのまま、そこにいて。あたしは、ここから帰るから。」

「誰もいなかったら？」

「看護婦さんだけだったら、お父さんに、あたしが来ていることをいって、すぐ、迎えに来て。」

「わかったよ。」

弘志は、長い廊下を、急ぎ足で、歩いて行った。有子は、そこらを歩きまわってい た。落ちつけないのだ。どうか、父が元気でいてくれますように、そして、あたしと会ってくれますように、と祈りたいくらいだった。

「お姉さん。」

うしろで、弘志が、呼んだ。有子が振り返ると、満面に笑みを浮かべながらいった。

「看護婦さんだけだ。そして、お父さんが、すぐにくるように、と。」

三

「有子……。」と、父が、ベッドの上で、仰向けになったままでいった。

しかし、有子は、すぐには、お父さん、といえなかった。いおうとするのだけれど、その前に、涙の方が、先に、溢れて来てしまったのだ。が、彼女は、その涙の瞳で、父を見つづけていた。これが父であろうか。そういいたいほど、父は、すっかり、衰えてしまっていた。有子は、その胸を、押しつぶされそうな気がした。そして、有子を見つめる父の眼にも、うっすらと、涙がにじみ出ているようであった。

弘志は、黙って、見ている。付添の看護婦は、足音を忍ばせながら、病室から出て行った。

「お父さん。」

有子は、やっと、いうことが出来た。

「よく、元気でいてくれた。」

「すみません、ご心配をかけて。」

「いや。……お前が、家出をしたわけは、だいたい、弘志から聞いている。随分と、苦労したろうな。」

「はい、いいえ……。」

「いや、わかっている。わしが、いけなかったのだ。事なかれ主義で来たわしが、いちばん、いけなかったのだ。」

「そんなこと、お父さん。」

「お前の行方を探さなかったわけではない。それとなく、人に頼んで、探していたのだ。本当は、すぐ、警察へ頼むべきであったのだ。ところが、わしは、こんな風に入院してしまってなア。それに、警察へ頼むことについては、こうなったら、はっきり、いっておくが、達子や照子が反対したのだ。そうなると、病人のわしには、なかなか、思うにまかせない。しかし、退院したら、どんなことでもして、探す決心でいたんだ。」

父は、決して、自分のことを、忘れていたのではなかった。絶えず、気にしてくれていたのだ。そのことだけで、有子は、永い間の心の曇りが、晴れたような気がした。

「お父さんは、いつ、退院出来ますの？」

「わからんが、あと、半月ぐらいだろうな。」

「ご病気は、なんでしたの。」

「癌なのだ。」

「えッ？」

「胃癌なのだ。」と、父は、はっきりといった。

が、ハッと、顔色を変えた有子を見ると、父は、

「そんなに、心配してくれなくていいんだ。医者は、胃潰瘍だといっていたのだが、わしは、覚悟のしようがあるから、はっきり、いってくれ、と頼んだのだ。すると、やっと、胃癌だ、といってくれた。しかし、有子。まだ、初期であったので、なんとか、いのちだけは、取りとめるらしい。」

「よかったわ。」

「そうなんだ。ところで今度は、有子の方で、家を出てからのこと、なにも隠さずに話してくれないか。」

「はい。」

「あった通りにだよ。」

父は、念を押した。有子は、その父の念の押しかたから直感した。

(お父さんは、あたしが、取り返しのつかぬ身体の娘になっているかと、心配していなさるのだわ)

たしかに、大阪で、一度は、そういう危機に襲われた。しかし、有子は、身をもって、その難を逃れ得たのであった。有子は、父に、

(あたしが、そんな娘だ、と思ってらっしゃるの?)

と、いいたかった。

しかし、父の心配は、当然であり、親なればこそなのである。有子は、有難い、と思った。

「あたし、何も彼も、そのまま、正直に申しますわ。」

有子は、静かに話しはじめた。父は、黙って、聞いていた。途中で、

「……高校の先生に会ったのか。」

「……そうか、広岡氏の息子さんに、随分とお世話になったんだなア。」

「……大阪にいたのなら、わからなかった筈だ。」

と、いうことを、合槌がわりにいっていたが、

「なに、あの町子が、東京に来ているのか。」と、いうときの声は、いちだんと大きかったのである。

すべてのことを聞き終ってから、父は、しみじみといった。

「しかし、今日まで、よくもそんな苦労に負けずにやって来てくれた。」

有子は、わざと、明るく微笑んでみせて、

「だって、お父さま。あたしは、いつでも、どんな雨風の日にでも、その雲の彼方に青空があるのだ、と信じて来たんですもの。」

「雲の彼方に青空がある……。本当だ。どうやら、わしなんか、そのことを忘れて暮して来たらしい。しかし、有子。わしも、これからは、有子の仲間入りをするよ。か

りに、有子が、青空娘、だとしたら、わしは青空父になろう。」

「そして、あたしの本当のお母さんが、青空母なのね。」

「……かも知れぬ。」

横から、弘志が、はじめて、いった。

「じゃア、僕を、青空弟にしてよ。」

「いいわ。すると、おじいさんが――。」

そこまでいって、有子は、ハッとしたように、

「あたし、ほかの話に夢中になっていたけど、おじいさんは、お元気ですの。」

「いや……。」と、父が、いった。「ときどき、見舞に来てくださるのだが、あの家には、どうにも、居辛いらしい。有子の話ばっかりして帰るんだから。」

有子は、無性に、おじいさんに会いたくなった。

四

翌日の午後、有子は、祐天寺の家を出た。

「行ってらっしゃい。」と、下宿の小母さんが、機嫌よく、送ってくれた。

空はからりと晴れていた。青空なのである。それはあの田舎の岡の上から見た澄み切った青空には及ばないとしても、東京では珍しいほどの青空であった。僅かに白い

雲が、ひとかけら、ふたかけら、浮かんでいるだけだった。

今日の有子の気持も、あるいは、この青空に似ていたかも知れない。

何故なら、有子は、これから、広岡に会いに行くのであった。用件は、かつて、彼から借りた五千円を返しに行くのである。勿論、広岡に、請求されたわけではない。自分から、その気になったのだ。そして、そのことが、久し振りで、有子の心を明るく弾ませていた。

父が、有子に、二万円の金をくれたのである。その金を、父が、蒲団の下の財布の中から出してくれたとき、

「そんなにいりませんわ。」と、有子は、辞退した。

「まア、いいから、黙って、取っておきなさい。足らなくなったら、いつでも、いっておいで。いいか、お前は、わしの娘なんだぞ。」

「はい。」

「今後、絶対に、わしの眼の届かぬところへ行ったりしてはならぬ。」

「はい。」

「もちろん、喫茶店なんかに勤める必要がない。」

「でも……。」

「いや、どうしても、勤めたいんなら、わしが、いいところを探してくる。それでい

「いだろう？」

「はい。」

「当分の下宿だが、わしが、退院するまで、今のところで、我慢していてくれるか。」

「ええ。とても、親切な小母さんなのです。」

「そうか。じゃア、そこにいるとしてだな。」

そのあと、父は、しばらく、黙っていてから、

「有子は、そんなに本当のお母さんに会いたいのか。」

「会いたいのです。」

「よし、わしも、決心したよ。積極的に探すことにしよう。」

「お父さんが？」

「そうだ、有子のために。そして、わしも、会いたいのだ。」

父は、はっきり、いったのであった。

有子は、東横線の祐天寺から渋谷への電車に乗りながら、昨日、「わしも、会いたいのだ。」と、父がいった意味を考えていた。

父は、やっぱり、有子を産んだ母を愛してくれているのだろうか。それを、今日まで、家庭の平和のために、我慢していたのだろうか。

とにかく、こんどの入院によって、父の心境に、大きな変化があったことは、たし

かなようだ。しかし、父は、弘志に、有子が病院へ現われたことは、家に帰っても、おじいさん以外の者にはいわないように、と念を押していたのであった。広岡の勤める日東工業は、田村町にあった。彼女は、その受付でいった。

「広岡良輔さんに、お会いしたいんですが。」

「あなたさまは。」

「小野有子と申します。」

受付は、しばらく、電話で、何かの打合せをしていたが、

「すぐ、広岡さん、ここへいらっしゃいますから。」

それから、二分とたたない間に、広岡が、受付へ、姿を現わした。

「やっぱり、あなたでしたか。」

彼の全身に、歓びがあふれていた。

人さまざま

一

「お邪魔ではありません？」と、いう有子の頰にも、広岡の全身にあふれる歓びに応えるような微笑が現われていた。

「ちっとも。」と、広岡は、否定して、「そこらで、お茶でも飲みましょう。」

「だって、お仕事中でしょう？」

「ですが、かまいません。今日だけ、僕は、特別に不良社員になります。」

「あたしのために、そんなの、困りますわ。」

「だから、今日だけ、特別に、なんです。」

「あたしの用事、すぐ、すみますのよ。」

「ところが、僕の方にも、お話したいことがあるんです。」

「どういうことですの？」

「それは、ここでは、いえません。」

「あら、意地悪なのねえ。」

有子は、自分でも、気持が弾んでいることが、わかっていた。しかし、それをおさえることは、出来なかった。これは、今日の青空のせいであろうか。

「そうですよ。僕は、これでも、相当な意地悪な男なんです。」

「すこしも、知りませんでしたわ。」

「しかし、あなたほどではない。」

「あたしが？」

「と、自分では、思いませんか。」

「思いませんわ。」

「だったら、その理由も、いっしょに、申し上げましょう。お茶を飲みながら。」

そのときになって、有子は、受付の女が、二人の話を、笑いながらではあるが、聞いていることに気がついた。有子は、顔をあからめた。広岡が、

「さア、行きましょう。」と、先に立って、外へ出て行った。

有子は、広岡のうしろにしたがった。しかし、すこしも嫌ではなかった。嬉しかった。が、広岡の意地悪という言葉が、心の一点にひっかかっていた。

（あたしって、意地悪な娘であろうか）

それが、広岡にいわれただけに、何か、胸に応えてくる。

（意地悪というのは、照子お姉さんのような人をいうのだ、と思っていたのに）

しかし、有子は、照子のことを考えるのはよそうと、頭を横に振った。

「ここへ入りましょう。」

広岡が、喫茶店の前で、振り返りながらいった。

「はい。」

二人は、壁際の席に、向かい合った。広岡は、有子の意向を聞いてから、コーヒーを注文した。

「あたしって、意地悪でしょうか。」

「なんだ、そんなことを、まだ、気にしていたんですか。」

「だって、気になりますわ。」

「ごめん、ごめん。僕が、意地悪といったのは、あなたが、住所を知らせる、と約束しながら、それを実行してくださらなかったからですよ。」

「まア。」

「僕のいった本当の意味、わかってくれますか。」

広岡の眼が、有子の瞳の奥を、覗き込むようにした。有子の胸に、熱いものが流れた。広岡の言葉には、二つの意味が、含まれているようだ。一つは、単なる違約への怨み。もう一つは、もっと深く、愛情の告白……。しかし、そのどっちであるかをたしかめてみる勇気は、有子には、まだなかった。

たしかめたあとが恐ろしかったのだ、ともいえようか。有子は、何気ないようにいった。

「今日は、そのお詫びかたがた、お借りした五千円を、持って参りましたのよ。」

「五千円？」

広岡の顔色が、変った。何か、いいかけたとき、給仕が、コーヒーを運んで来た。

有子は、給仕が立ち去るのを待ちながら、もし、父に会わなかったら、自分も、このような勤めをすることになったかもわからないのだ、と思っていた。

給仕が、去って行くと、広岡が、不満そうにいった。

「あの五千円を、お返しになるつもりですか。」

「はい。」

有子は、ハンドバッグの中から、千円サツを五枚出して、テーブルの上においた。

「どうも、長い間、本当に有難うございました。」

しかし、広岡は、それを手に取ろうとはしなかった。

「どうぞ。」

「僕は、この金を返して頂こうとは、夢にも思っていませんでしたよ。」

「でも、お借りしたんですから。」

「失礼ですが。」

広岡は、少し、口調を改めて、

「僕には、今のあなたが、五千円もお出しになったら、そのあと、お困りになるように思えるんですが。」

「ところが、もう、大丈夫ですの。」

有子は、微笑みながらいった。

「大丈夫？」

「だって、あたし、昨日、父から二万円貰ったんですもの。」

「お父さんに、お会いになったんですか。」

「はい。」

「じゃア、青山のお家へ、お帰りになったんですね。」

「違います。父は、今、K病院に入院していますの。」

有子は、昨日、銀座で、偶然に弘志に会ったことから、病院へ行ったまでの経緯を、隠さずに話した。

「そうでしたか。」

広岡は、感動したようにいった。いかにも、安堵したという顔になっていた。

「ですから、この五千円は、お受け取り頂きたいんです。」

「わかりました。」

有子は、ついでに、今も、広岡が大事にして持っていてくれる、という自分の靴を返してくださいといおうかと思ったが、やめにした。何故なら、あの靴を自分が履くときこそ、広岡の愛情を受ける日なのだと、有子は、こころひそかに、誓った筈なのである。そして、広岡も、靴のことには、触れなかった。広岡は、五千円を手に取ると、

「たしかに、返していただきました。が、僕としては、この金は、アテにしていなかった金です。ですから、この金で、今夜、三人で食事をしましょう。」

「三人？」

「さっき、僕の方にも話がある、といったでしょう？　と、いうのは、あなたがいらっしゃる五分ほど前に、二見君から、電話があったんですよ。」

「まア、二見先生から？」

「そう、今夜、いっしょに飲みましょう、といって。もちろん、僕は、よろしい、と答えました。何故なら、二見君は、僕の好きなタイプの人ですし、それに、あなたの恩師でもあるからです。二見君に聞けば、学校の頃のあなたのことが、なんでもわかりますからね。」

「あたし、嫌だわ、そんなことを聞かれたりするの。」

「じゃア、それは、よしますが、三人で、食事をするだけなら、いいでしょう？」

「でも、あたしが、急に、お仲間入りしてもかまいませんの？」

「かまいませんとも。二見君は、きっと、びっくりして、大よろこびしますよ。そして、僕も。」

「では、いれていただこうかしら？」

「ぜひ。」と、広岡は、言葉に力を込めていってから、

「二見君とは、六時に、日劇の前で、会うことになっているんですが、それまで、あなたは、どうされますか。」

「あたし、父を見舞に、病院へ行って参ります。」

「いいですな。お父さんに、僕からも、くれぐれもよろしく、といってください。」

「はい。」

「それから、ご病気とも知らずに、行方不明になった娘を、いつまでも放っとくなんて、実に、不人情な父親だ、といったりしたことも。」

「そんなこと、あたし、いえませんわ。」

「僕は、かまいませんよ。」

が、そのあと、二人は、顔を見あわせて、なんとなく、微笑み合ったのであった。

二

その日、有子が、病院の父を見舞って、日劇の前に到着したのは、約束の六時に、十五分ぐらい前であった。広岡も二見も、まだ、来ていなかった。今からでは、どこへも行けない。有子は、そこらを、ブラブラしていることにした。

有子と同じように、誰か待っているらしい人が、何人もいた。そのうちに、相手が現われて、

「やア、お待ち遠さま。」

「ううん、いいのよ。」

と、いいあいながら、肩を並べて、嬉しそうにどこかへ去って行く者もある。

また、しきりに、時間を気にして、苛立っている若い女もいた。そういう人人の姿を見ていると、有子は、人さまざま、と思われてくる。一人一人が、それぞれの人生を持っているのである。有子は、何か、自分が、近いうちに幸せになれそうな予感がしていた。これで、母の行方さえわかったら、なにもいうことはないのだ。今の有子にとって、母を探し出す、ということが、最大の目的であった。しかし、まだ、漠然とではあるが、母を探す、ということのほかにも、有子の人生が新しく展開されてゆきそうな思いがしきりにしていた。

父は、昨日よりも、いちだんと元気になっていた。

「今日は、お顔の色、とても、よろしいようよ、お父さん。」

「そうかね。きっと、有子が現われてくれたんで、わしも、安心したからだろう。」

有子は、今夜、広岡と二見との三人で、夕食をすることになっている、といった。

「そうか、二人とも、いいひとなんだな。」

「そうよ、お父さん。」

「わしが、退院したら、お二人を、一席、ご招待しようかな。」

「きっと、およろこびになるわ。そのほかに、あたし、もう一人、お礼をいっていただきたい人がありますのよ。」

「だれだね。」

「喫茶店『ロマネスク』のママさん。」

「ああ、そうだったね。じゃア、三人いっしょにご招待しようか。」

「それまでに、お母さんが、見つかるといいんだけど。」

「そうだよ。本当に、そうだよ。」と、父は、頷きながらいって、「今日、秘書が、見舞に来てくれたんで、わしは、心当りを探すようにといっておいたからな。」

「嬉しいわ、お父さん。」

「しかし、お母さんも、すっかり、変ったろう。」

そういってから、父は、遥か遠くを見つめるようにして、

「あれから、もう、二十年近くになるんだからなア。」と、感慨深くいった。

有子は、ふっと、眼頭を熱くした。

「お母さんは、あたしを見て、びっくり、なさるでしょうね。」

「そうだよ。きっと、いい娘になって、といってくれるだろうな。」

「だといいんだけど……。」

有子は、日劇の前で、そのことを思い出していた。たしかに、母に会いたいのだ。が、同時に、なんとなく、そのことが、恐ろしいことのような気もしているのだった。自分は、母に失望しないとしても、母に、自分が失望されたら、と思わずにはいられない。父のいう二十年近くの間に、母にも、いろいろのことがあったに違いないのだ。それは、有子には、全く関係のない母だけの人生なのである。有子の頭の中には、母の理想像がつくられている。果して、その理想像通りの母であるかどうか……。

「やア、お待たせしました。」

有子は、顔を上げた。広岡が、笑っていた。その広岡の笑顔が、有子に、まぶしかった。広岡は、愉しそうに、

「二見君、まだですね。」

「先生は、昔から、遅刻の名人ですのよ。」

「田舎に帰ったとき、同窓会があったんですが、やっぱり、五分だけ遅刻していらっしゃいましたのよ。」

「へええ。」

広岡は、時計を見た。六時であった。

「じゃア、今日も、五分かな。」

そして、実際に二見が姿を現わしたのは、その六時五分過ぎであった。彼は、大股でこっちへ歩いてくる。

「ねえ。」

有子は、笑いながら、広岡にいった。

「なるほど。」

広岡も笑って、二見に向かって、右手を上げた。

二見は、広岡に気がついた。彼は、広岡に応えるように手を上げかけたのだが、横に、有子が立っていることに気がつくと、あッ、というような顔をした。一瞬、彼の表情は、こわばった。が、すぐ笑顔に戻って、こちらへ近づいて来た。

三

三人は、食事を終って、銀座のレストランを出た。勘定は、広岡が、払った。二見

は、ワリカンを主張したのだが、広岡から、五千円の臨時収入があったのだからと、そのいわれを説明されると、

「そうですか。じゃア、今夜は、ご馳走になっておきます。」と、素直に、広岡の申し出を受けた。

有子は、それを見ていて、二人には、すこしの卑しさもないので、気持がよかった。二人とも、ビールを飲んで、陽気になっていた。きっと、今後も、ときどき、いっしょに飲んだりする仲になるだろうと、有子は、嬉しかった。銀座の人混みの中を歩きながら、二見がいった。

「このままで、別れてしまうのは惜しい。どっかで、お茶を飲みましょう。」

「いいですな。」

広岡が、すぐ、賛成した。

「それなら……。」

有子は、二人の顔を等分に見ながら、

「あたしが、さっき、お話した『ロマネスク』へ行ってくださいません？　ママさんには、ご恩がありますし、今日は、いらっしゃらない日ですけど、あたしが、東京へ来ている、ということを、伝えておいて貰いたいのです。」

「いいでしょう。ねえ、二見君。」

「もちろん。行きましょう。こうなったら、お姫さまの御意のままですよ。」

「嫌よ、先生。お姫さまだなんて。」

「なに、今夜は、お姫さま。そのかわり、この次は、ただの教え子だ。お姫さま扱いになんか、しないから。」

「じゃア、僕の方は、いつでも、お姫さま、ということにしとくかな。」

「広岡さんまで、そんなことおっしゃると、あたしは、困りますわ。」

「いや、冗談ですよ。」

やがて、有子が先に立って、「ロマネスク」へ入った。レジスターの女が、有子を覚えていて、あら、というような顔をした。有子は、会釈を返した。三人がテーブルについて、コーヒーを注文してから、有子は、そのレジスターの前へ行った。

「あたし、昨日、お伺いしました小野有子ですけど。」

「そうでございましたわね。」

「あたし、前に、大阪のお店で、レジスターをしていたことがございますのよ。」

「ああ、あの小野さんでしたか。ママさんに、お話は、聞いていますわ。急に、いなくなられたとか。」

「はい。で、ママさん、憤ってらっしゃったでしょう？」

「いいえ、可哀いそうなことをしてしまったと、とても、心配してらっしゃいましたわ。」

「まア。」

有子は、それだけで、眼頭が熱くなってくる思いであった。

「あたし、そのうちに、お詫びやら、お礼やらに、あらためて、ここへくるつもりですけど、ママさんが大阪から出ていらっしゃいましたら、あたしが、東京へ戻って、父にも会った、ということを、お伝えしておいていただけません？」

「かしこまりました。すると、本当のお母さまには？」

「ご存じでしたの？」

「ええ、ママさんが、そういってましたから。ごめんなさい、こんなことをいって。ただ、あたしも、母がいないもんですから、つい……。」

「あなたも？」

「あたしの場合は、病気で亡くなったんですけど。」

レジスターは、淋しそうな表情になった。しかし、有子の場合には、とにもかくにも、母親が生きているのである。このひとは、今の自分にくらべて、もっと、不幸なのかも知れない、と思わずにはいられなかった。この世の中は、自分より不幸な人がたくさんいるのだ！

「母が、東京にいることだけは、わかりましたのよ。」

「よかったですわねえ。」

「父も積極的に捜してくれることになりましたからと、その事も、ママさんに、お伝えして下さいません？」

「はい。」

「お願いします。」

有子は、そういって二人の席へ帰った。すでに、コーヒーは来ていた。

「すみません。」

「いいんだよ。」と、一見がいってから、「広岡君、僕はこれでも、将来画家になりたい、と思ってるんですよ。」

「僕は、そういう才能のある人が、ときどき、羨ましくなりますよ。」

「ところが、羨ましがられるほどの才能が、果して、僕にあるかどうか。」

「大丈夫よ、先生なら。」

「お姫さまの保証では、正直なところ、心細いが、しかし、そのうちに、いつかの約束を、ぜひ、実行してほしいんだよ。」

「約束？」

「もう、忘れたのか。」

「だってえ……。」

「僕のモデルになってくれる、という約束だよ。」

「思い出したわ。」

「やれやれ、薄情な教え子を持ったもんだ。しかし、いいね。」

「はい。」

広岡は、黙って、笑っている。が、その笑いの裏に、苦渋の思いが、ひそんでいるようであった。

そのとき、若い女をまじえた数人の客が、賑やかに入って来た。三人は、何気なく、その方を見た。そして、有子は、思わず、あっ、と軽く叫んだのである。何故なら、彼女は、そこに、照子を見たのだ。有子は、あわてて、瞳をそむけた。が、すでに、照子の方でも、有子を見つけていた。彼女は、一瞬、自分の瞳を疑がったようであったが、広岡がいっしょにいることに気がつくと、さっと、顔色を青くした。照子は、立ち上ると、つかつかと、こっちへ歩いて来た。そして、彼女は、さも、憎らしそうにいったのである。

「まア、女中の有子。お前は、こんなところにいたの！」

四

有子は、自分の部屋にいた。昨夜の銀座での出来事を思うと、胸が煮えくり返ってくるようであった。

　あのとき、広岡と二見は、同時に、有子をかばうように立ち上った。そして、二見が、先にいったのである。

「無礼な。君は、いったい、誰だ？」

「あんたこそ、いったい、誰よ。」

「僕は、二見桂吉だ。小野君の――。」

　そのあとをいわせないで照子は、せせら笑うように、

「ああ、わかったわ。有子の学校の先生でしょう？」

「そうだ。が、君は、どうして、それを知っているんだね。」

「だって、あんたは、前に、二度も、有子宛に葉書を――。」

　しかし、そこまでいって、照子は、あわてて、口をつぐんだ。

「わかった。君が、それを知っているところを見ると、犯人は、君に間違いない。」

「犯人ですって？」

「そうさ。僕は、小野君宛に、葉書を二度も出しているのに、それが小野君の手にわたっていないんだ。」

「だから、あたしが、それを没収したとでもいうの？　途中で、勝手に、破いたとでもいうの？」

「だって、そうだろう？」

「失礼だわ。なんの証拠があって、そんなことをいうのよ。あたしは、その葉書を、ちゃんと、有子にわたしたのよ。そうしたら、この娘が、このひと、このひと、あたしの学校の先生だっていったんだわ。」

たまりかねて、有子が、いった。

「違います。」

「あきれた。」

照子は、大袈裟な表情になって、

「だから、お前は、嘘つきだ、というんだよ。お前は、いつでも、そういう風に嘘をついては、ひとに罪を着せるんだから。なにさ、その白白しい顔！　だいたい、お前のお母さんてのが。」

「よして頂戴ッ。」

「どうして、よして頂戴なんていうの？　恥ずかしいからでしょう？　ふん、そうにきまっているよ。お前のお母さんは、そういう女だったんだから。」

「有子さん、出ましょう。」と、広岡が、いった。

「広岡さん。」

照子は、広岡の前に立ちふさがって、媚びるように、

「あたし、あなたに、お話があるんですけど。」

「僕は、聞きたくありませんよ。」

「まア。」

「さア、有子さん。二見君も。」

三人は、その喫茶店を出た。うしろから、照子が、なにかいったようだったが、誰も振り向かなかった。外へ出ても、有子の心臓は、まだ、激しく打っていた。

「おどろいた女だなア。問題にならん。聞きしにまさること、百倍だな。」

「そうなんだよ、二見君。有子さんも、あんな女のいうこと、気にしないことですよ。」

「本当だ。気違いを相手にしては、こっちが損だ。」

「それにしても、あのひとは、気の毒なひとだよ。」

二人の男は、口口に、有子を慰めてくれた。が、有子の口惜しさは、すこしも、鎮まらなかった。自分のことはいいとしても、母親を侮辱されたことが、口惜しいのであった。その口惜しさで、有子は、昨夜は、よく、寝られなかったのである。

下の小母さんが、

「有子さん、お客さまですよう。」と、大声でいった。

重大発言

一

有子は、腰を浮かしながら、

（あたしんとこへ、お客さまだなんて、誰だろう?）

と、考えていた。

そして、有子の頭に、いちばんはじめに浮かんだのは、広岡の顔であった。二見ではなかった。そのことは、こういう悲しいときに会いたい人は、有子にとって広岡なのだ、ということを意味していたろう。有子は、まだ、自分で、それとは、はっきり、意識していなかったかも知れない。しかし、すでに、広岡を愛しているのに違いなかった。二見は、あくまで、尊敬する恩師なのだ。が、広岡は、有子にとって、今や、かけがえのない男性となりつつあるようだった。

「有子さん、有子さん。」と、下から、またも、小母さんが呼んだ。

「はーい。」

有子は、そう答えて、急いで、階段を降りて行った。有子は、自分の瞳を疑わずにはいられなかった。何故なら、そこに、おじいさんが立っていたからである。

「有子ッ。」と、おじいさんが、皺《しわ》だらけの顔を、更に、くしゃくしゃにしながらいった。

「おじいさんッ。」

有子は、駈け寄ると、おじいさんの両掌を、しっかりと握りしめた。

「有子ッ。」

おじいさんは、もう一度、そういうと、有子の顔を見つめながら、すでに、眼に涙をにじませている。それを見ると、有子の瞳もまた、濡れてくるのであった。

「よく、無事でいてくれたなア。随分と、心配したんだよ。」

「すみません。」

「あやまらなくてもいいんだよ。」と、おじいさんは、いたわるようにいった。

それまで、横で見ていた小母さんは、

「有子さん、とにかく、二階へ上って頂いたら？」

「そうだわ。おじいさん、どうぞ。」

「じゃア、上らして貰おうか。」

「階段、気をつけてね。」

「よしよし。」

おじいさんは、二階へ上ると、粗末な部屋の中を見まわして、

「有子は、こんな部屋に住んでいたのか。」と、同情するようにいった。

「でも、おじいさん。あたしには、ここが天国なんですのよ。」

「ああ、そうだろうとも。青山の家の女中部屋より、どんなにいいか知れない。」

「どうぞ、お坐りになって。」

有子は、おじいさんに、座蒲団をすすめた。それも、下の小母さんから借りた物であった。おじいさんは、その座蒲団の上に坐った。有子には、おじいさんが、前よりも、やつれたように思われた。が、それをいわないで、

「おじいさんは、よく、ここがおわかりになりましたのね。」

「それなんだよ。昨夜、照子が帰って来てから、有子を銀座で見た、といって大騒ぎをはじめたんだよ。」

「まア。」

「散散、有子の悪口をいうんで、わしは、たまりかねて、たしなめたんだ。そうしたら、こんどは、わしに毒づいてくるんだ。が、わしは、我慢したよ。しかし、部屋へ帰ってから、つくづく、情なかったな。おばあさんさえ生きていてくれたら、今頃は、

あの田舎町で、有子と三人で愉しく暮していられたろうに、と。すると、弘志が、こっそり、入って来て、有子といっしょに、お父さんの病院へ行った、と知らしてくれたんだ。」

「弘志さんが？」

「弘志は、有子ビイキだからね。それで、わしは、朝ごはんをすませると、すぐに、病院へ行って、ここのことを、お父さんに聞いて来たんだよ。」

「そうでしたか。」

そこへ、小母さんが、お茶を持って来た。

「どうぞ。」

「これは、どうも。有子が、お世話になっています。」

「いえ。とっても、いい娘さんですから。」

「あら。」

「あたしも、なんとか、お力になってあげようと、これで、いろいろと心当りを探しているんですよ。」

「すみません。」

「そのうちに、きっと、お母さんが見つかりますよ。」

「だといいんだけど。」

「だって、こんなに一生懸命になっていて、見つからなかったら、それは、この世に、神も仏もない、ということになります。ええ、そうですとも、あらあら、ごめんなさい。つい、お喋りをしてしまいまして。どうぞ、ごゆっくり。」

小母さんが、階下へ降りて行くと、有子は、くすりと笑って、

「いい小母さんでしょう？」

「そうらしい。」と、おじいさんも、微笑を浮かべていたが、急に、真面目な顔になって、「有子に、お願いがあるんだけどなア。」と、遠慮勝ちにいった。

「あたしに、お願い？」

「実をいうと、わしは、青山の家にいることが、嫌になったんだ。毎日、睨みつけられているような気がして、居辛くて仕方がないのだ。まるで、邪魔者のように見られているんだ。お父さんでもいてくれたら、まだ、違うのだが、入院中では、何か、肩身がせまくて、有子ではないが、わしも家出をしたくなっていたんだよ。」

「まア。」

しかし、有子には、おじいさんの気持が、よく、わかるような気がするのだった。

「でね、有子。わしも、ここでいっしょに、いさせて貰えないだろうか。」

「おじいさん、本気ですの？」

「こんなこと、どうして、嘘や冗談にいえるもんか。これでも、わしは、真剣なんだ

よ。」

「あたしは、かまいませんよ。おじいさんといっしょに暮せるなら、こんなに嬉しいことはないんですもの。」

「そう、思ってくれるかね。」

「でも、そんなこと、お父さんが、お許しになるかしら？」

「いや、そのことなら、相談して来たんだ。お父さんも考え込んでいたよ。が、わしが、あんまり一所懸命に頼むので、じゃア、有子さえよかったら、といってくれたんだ。青山の家へは、お父さんからいって貰えることになっている。」

「そんなら、おじいさん。あたしはよろこんで、いっしょに暮すわ。」

「そうしてくれるか。もちろん、有子の本当のお母さんが見つかったら、それはそのときのこととして、わしも身の振り方を、別に考えるよ。」

「あたし、お母さんとおじいさんと三人で、暮したいわ。どんなに、嬉しいでしょう。」

が、有子は、三人のほかに、もう一人、父を加えたいのであった。しかし、父には、青山の家がある。そこには、妻と三人の子供がいるのである。その父を、自分の方へ引き寄せてしまったら、その妻と三人の子供を、どんなに悲しませることになるか知れないのだ。たとえ、父が、それを希《のぞ》んだとしても、有子は、そういうことになってはいけない、と思うのだった。何故なら、有子の本当の母は、父の妻ではなかった。愛人であった。社会の道に反していたのである。もし、父を、有子の方へ引き寄せたら、そこに、別の悲劇が起る。有子は、悲劇なら、自分と母だけでたくさんだ、と思っていた。自分たちが幸せになるために、人を不幸にしてはならない。これは、有子が、自分の出生の秘密を知って以来、いろいろと苦労して得た教訓の一つでもあったろうか。

有子は、階下へ降りて行ったが、五分もすると、二階へ戻って来た。

「おじいさん。小母さんは、おじいさんといっしょにいてもかまいません、と。」

「そうか、そうか。」

おじいさんは、とたんに、ニコニコ顔になって、

「じゃア、わしは、今日から、このまま、ここにいさして貰うよ。なに、必要な荷物なんか、あとで八重にでも届けさせるよ。」と、晴れ晴れといった。

二

「疲れないかね。」と、二見がいった。

「まだ、大丈夫よ、先生。」と、有子が答えた。

「じゃア、あと、五分だけ……。」

二見は、熱心にカンバスに向かっている。

ここは、二見の部屋なのであった。有子は、この部屋へくると、あの稲川青子に追い出されたときのことを思い出さずにはいられないのである。

あのときは、二度と、この部屋へくることになろうとは、思わなかった。しかし、青子に追い出されたお陰で、広岡に会えたのである。そして、広岡は、有子が、いったん、露店商人に売った靴を買い戻してくれたのである。しかも、東京駅まで送って来て、五千円を貸してくれたのだ……。

有子は、二見の部屋で、彼の画のモデルになってやりながら、しきりと、広岡のことを思っていた。切ないくらいに、広岡に会いたいのであった。

そして、そういう有子の心の中が、二見に、なんとなく、わかるのである。画家としての、二見の直観とでもいうべきであったろうか。彼は彼で、田舎の町の同窓会の日、冗談まじりに、諸君のうちで、僕と結婚したいと思っている者は、手を上げるんだ、といったとき、ついに、有子は、手を上げてくれなかった、と思い出しているのであった。更に、東京へ来てから、有子の広岡を見る眼つきが、自分を見るときのそれとは、まるで違っていたことも……。

二見は、苦しかった。こんないい娘を、誰にもやりたくなかった。強引にでも、あるいは、頭を下げてでも、自分の妻にしたい。

しかし、最後に、自分は、この娘の先生であったのだ、と思いいたると、結局、この娘の幸せのためにあきらめるべきなのだと、自分自身にいい聞かせていった。

（せめて、この娘の姿だけでも、カンバスに描いておこう。そして、一生、それを持っていよう）

二見は、そういう気持になっていた。十年、二十年の歳月を経ても、カンバスの上の有子は、永遠の処女として、自分の許に残っているのである。それこそ、自分だけの有子なのだ。

二見は、そういう思いをこめて、画筆を動かしていた。

「よし、ちょっと、休憩をしよう。」

「はい。」

有子は、椅子から立ち上った。

「先生、見てもいいですか？」

「まだ、五分ぐらいしか出来ていないんだよ。」

「かまいませんわ。」

有子は、二見と並んで、カンバスを覗き込んだ。二見の腕は、いちだんと上ったようである。有子には、よくわからないが、デッサンもしっかりしているようだ。

「まるで、あたしでないみたい。」

「どうして？」

「だって、とっても、感じのいい娘になっているんですもの。」

「いや、君は、この通りの娘なんだよ。」

「そうかしら？」

「すくなくとも、僕は、そう思っている。」

二見は、そういいながら、仄かに匂ってくる有子の体臭に、胸を苦しくしていた。今なのだ、もし、僕が君を好きなのだ、というとしたら――。有子は、なんと、答えるだろうか。はっきり、嫌だ、というだろうか。それとも……。

「今日ね。」と、有子がいった。

とたんに、二見は、出バナをくじかれたように、苦笑しながら、

「なんだね。」

「午後六時に、広岡さんに、お会いすることになってますのよ。」

「どこで？」

「いつかの喫茶店で。」

「ああ、ロマネスクか。」

「二見先生も、ごいっしょに、いらっしゃいません？」

「そうだなア……。」

二見は、行きたかった。が、この瞬間に、あきらめよう、と決心した。これ以上、有子のあとを追ったら、醜態になるだけだ。

「行きたいけど、ちょっと、用があるから失礼するよ。」

「残念だわ。」

「おじいさんといっしょに暮せるようになって、よかったろう?」

「ええ。とっても、愉しいわ。」

「お父さんの方は?」

「だいぶん、いいんですが、あと半月ぐらい、入院してなければならないんですって。」

「これで、早く、お母さんの行方が、わかるといいんだなア。」

「そうなのよ。」

「さア、もう、三十分ほど頑張ろうか。」

「はい。」

その日、有子が、二見のアパートを出たのは、午後五時前であった。二見が、高円寺駅まで、送ってくれた。二見は、改札口で、

「じゃア、そのうちに、もう一度、来てくれるね。」

「まいりますわ。」

「広岡君に、よろしく。」

「はい。先生、さようなら。」

「ああ、さようなら。」

二人は、手を振りあって別れた。

二見は、商店街を引っ返しながら、何か、憂鬱になっていた。有子をあきらめようとして、あきらめかねている自分を、胸に痛いほど感じていた。

「あら、二見さん。」

二見が、顔を上げると、同じ会社の梶本清子だった。

「おや、どうしたんだね。」

「ちょっと、こっちへ来たんで、ついでに、お寄りしたんです。そうしたら、お留守でしたから。」

「そうか。そこらで、お茶でも飲もうか。」

「嬉しい。」

二見は、清子と肩を並べて歩きながら、自分には、この清子ぐらいがふさわしいのかも知れぬ、と思っていた。稲川青子とは、すでに、交際を絶っている。清子は、青子なぞとは比較にならぬほど、素直な娘であった。なにかと、二見に心を寄せてくる。有子のことしか考えなかった二見にとって、それは、ただ煩わしいだけであった。寧ろ、避けて来たのである。が、今、有子をあきらめた二見にとって、清子のやさしさが、有難かった。胸にしみてくるようであった。

二見は、清子の横顔を見た。それに気がついて、清子が、

「どうなさったの？」と、羞《は》にかんだようにいった。

「いや、なんでもないんだよ。そうだ、あそこの喫茶店へ入ろう。」

「はい。」

二見に寄り添うようにして、清子は、いかにも、愉しそうであった。

三

有子が、銀座の喫茶店「ロマネスク」へ入ったのは、六時二十分ぐらい前であった。

「あら。」と、レジスターの女が、有子を覚えていていった。

「今晩は。」と、有子も親しそうにいってから、まだ、広岡が来ていないことをたしかめて、

「ママさんは、大阪ですの？」

「いいえ、昨日からこちらです。なんでも、あなたに、至急、お会いしたいといってらっしゃいましたよ。」

「あたしに？」

「すぐ、こっちへ見える筈ですから、お待ちになりませんか?」

「はい。」

有子は、椅子に腰を下した。コーヒーを注文した。が、ママさんが、至急、自分に会いたい、というのはどういうことか、見当がつかなかった。まさか、叱られるのではなかろう。

そこへ、広岡が、入って来た。

「やア、お待たせしました。」

「いいえ、あたしも、今、来たばかりですのよ。」

「そうですか。ここで、お茶を飲んだら、どっかで、ご飯を食べませんか。」

「はい。」

「実は、間もなく、母も、ここへくることになっているんですよ。」

「お母さんが?」

「ええ、久し振りで、有子さんに会いたい、というんですよ。いいでしょう?」

「あたしは、かまいませんけど。」

有子の胸は、高鳴ってくる。広岡の母が、どうして、自分に会いたい、というのだろうか。有子にとって、広岡の母は、なつかしい人だった。わざわざ、青山の家まで、広岡との交際を認めてくれるようにと、いいに来てくれたのである。

「いっそ、今夜は、僕の家へいらっしゃいませんか。父も、あなたに、お会いしたがっているんですよ。」

「でも、急に、お邪魔したりしては。」

「そんなこと、かまうもんですか。」

有子は、広岡の家へ行ってもいいような気になっていた。そして、広岡の家には、自分の靴が、ある筈なのである。が、一方で、有子は、広岡の父に会うことを恐れていた。もし、広岡の父に、自分が気に入られなかったら、ということを心配しないではいられなかったのである。

「そうだ、二見君、元気でしたか。」

広岡は、今日、有子が、二見の部屋へ、モデルになりに行くことを知っているのだった。

「ええ。お誘いしたんだけど、今夜は、ご都合が悪いんですって。」

「そうですか。しかし、二見君って、いい人ですねえ、僕はね。」

そのあと、広岡は、ふっと、黙り込んだ。有子は、広岡の顔を見た。広岡は、なにか、いいしぶっている。

「どうなさいましたの。」

「いや、よしますよ。」

「だって、急に、おかしいですわ。」

「じゃア、思い切って、いいますよ。」

「どうぞ。」

広岡は、じいっと、有子を見た。有子は、広岡から、このように見つめられたことはなかった。有子は、ハッとして、顔をふせた。彼女の胸に、ある予感があった。これから、広岡が口にすることは、自分の一生を左右する大きな問題になりそうな気がしていた。

「僕は、あなたが、二見君を、好きなんじゃアないかと。」

有子は、咄嗟にいった。

「いいえ。」

「ほんとですか。」

広岡の声に、弾みが出た。

「尊敬はしていますけど。」

「それでは――。」

広岡がぐっと、上半身を乗り出して来たとき、

「まア、有子さん。」

二人は、いっせいに、そっちを見た。ママさんが、立っていた。

四

「あのときは、ごめんなさい。」

「ママさん。」と、有子も立ち上って、「あのときは、ごめんなさい。」

「そんなこと……。あれは、新一が、悪いんですよ。あたしの方こそ、あんたに詫びなければと……。このお方は？」

ママさんは、広岡の方を見た。

せっかく、これから、一生一代の重大発言をしようとしていた広岡は、その話の腰を折られて、ちょっと、ガッカリしていたが、しかし、相手が、いわば、有子の恩人であるママさんだとわかると、すぐ、機嫌を直して、

「広岡です。」

「そうですか。あたしは、ここのマダムで、近藤真代、と申します、どうか、よろしく。」

そういってから、ママさんは、有子の方を向いて、

「ねえ、有子さんのお母さんの名は、なんとおっしゃるの？」

「三村町子です。」

「じゃア、ひょっとしたら、あのひとかも知れないわ。」

「えッ？」

「あたし、昨日、大阪から出て来たんですよ。そうしたら、隣に、上品な紳士のお方がいらっしして、いろいろと話しているうちに、その家におばあさんがいらっしゃって、そのおばあさんのお世話をしているのが、四十ぐらいの婦人だ、ということがわかったんです。」

「すると、その人が？」

有子は、せき込んだようにいった。

「そうよ。そのとき、あたし、なんとなく、有子さんのお母さんのことを思い出して、名前だけ、聞いておいたんです。その紳士のおっしゃるには、満洲から引き揚げて来て、今は、ひとりぼっちの身の上なんですって。東京に、娘が一人あるんだけど、会ってはならない事情にあるらしい、とおっしゃってましたから、もしかしたらと思って……。」

有子は、まるで、夢を見ているようであった。その人こそ、母に違いない。それにしても、母の名を、ママさんの口から聞こうとは！　が、その瞬間、かえって、有子の心は、雲の中に漂うているようで、歓びも、悲しみも、わき上ってこなかった。

「有子さん、すぐ、会いに行きましょう！」と、広岡がいった。

が、それでも、有子は、まだ、ボンヤリした表情でいた。

「有子さん！」と、ママさんが、有子の肩をゆすぶった。

有子は、ハッと、自分に還った。

「どうしたのよ。」

「あたし……。」

有子は、喘ぐようにいったが、しかし、次の言葉が、出てこなかった。すべて、あまりにも感動が大きかったせいだったろうか。いつか、有子の瞼は、濡れていた。涙が、頰をつたっている。

「ママさん、その家は、どこでしょうか。」と、広岡がいった。

「あたし、名刺を貰ってあります。ちょっと、電話をかけてみましょう。」

ママさんは、そういうと、電話をかけに行った。

「有子さん、よかったですねえ。」

「はい。」

有子の顔は、泣き笑いになっていた。が、彼女は、もうすぐ、母に会えるのだと思うと、大きな歓びと同時に、大きな不安も感じないではいられなかった。母とは、どんな人であろうか。そして、自分が、果して、その母に気に入られるだろうか。有子の心は、千千に乱れてくる。

母と娘と

一

ママさんの電話は、どうしたわけか、長びいていた。有子は、気が気でなかった。一刻も早く、母に会いたい。せめて、その声なりと、早く、聞きたいのであった。広岡もまた、そういう有子の心を察してか、不安そうに、ママさんの方を見ていた。そこへ、広岡の母親が、入って来た。彼女は、すぐに二人を見つけて、近づいてくると、いかにも、懐かしそうにいった。

「有子さん。」

有子は、振り向いて、口の中で、あッ、といいながら立ち上ると、やや、しどろもどろになって、

「しばらくでございました。いつぞやは……。」

そのあとの言葉を引き取るように広岡がいった。

「お母さん、大問題なんですよ。」

「大問題？」

「有子さんの本当のお母さんの行方が、たった今、わかったんですよ。」

「そうでしたか！」

広岡の母は、ホッと安堵したようにいってから、

「有子さん、よかったですねえ。」

「はい……。」

広岡は、簡単に、この店のママさんが、そのことで、今、電話をしてくれているのだと話してから、

「ところが、その電話が、バカに長びいているんですよ。」

「まア、どうしてでしょう？」

「ひょっとしたら。」と、有子がいった。「母は、あたしに会いたくない、といってるのかも知れませんわ。」

「そんなことがあるもんですか。」

そこへ、ママさんが、やっと、戻って来た。広岡が、待ちかねていたようにいった。

「すぐ、会いに行っていいんでしょうね。」

「ええ。やっと、そういうことになったんですよ。なんでも、これから、向こうのお

年寄のお供をして、伊豆の方へいらっしゃるところだったんです。だから、有子さんのお母さんは、ご遠慮になってたんですが、あたし、ご主人さまに電話口に出ていただいて、やっと、これからすぐに行っていい、ということになったんです。」

「すみません。有子さん、すぐ、いらっしゃいよ。」

「その前に、お母さんが、せめて、有子さんの声でも聞きたいとおっしゃってるんです。だから、有子さん、すぐ電話口に出てあげて。」

「はい……。」

有子は、立ち上った。彼女は、人人の視線を背中に浴びながら、電話の方へ歩いて行った。有子は、送受話器を手に取った。今こそ、母の声を聞くことが出来るのである。それを思って、有子の胸は、大きく波打っていた。

「もしもし、お母さんですか。」と、有子がいった。

「ああ、有子さん。」

それは、やさしい声であった。有子が予想していた通りの、やさしい声であった。しかも、電話口にすがりつくようにしていっているとわかる声であった。

それっきり、二人は、次の言葉がいえなかった。やがて、有子は、母のすすり泣く声を聞いた。

「お母さん、お母さん。」

有子は、叫ぶようにいった。涙声になっていた。

「有子さん、会いたいから、すぐに来ておくれ。」

「お母さん、すぐ参りますから、待っていてね。」

「ええ、待っていますとも。所は、さっきのお方にいってありますから。」

「はい。」

そういってから、有子は、もう一度、いわずにはおれなかった。

「お母さん。」

「有子さん。」

母も、有子と同じ思いのように答えた。

有子は、広岡たちのいるところへ戻った。

「お母さんが、なんとおっしゃいまして？」と、広岡の母がいった。

「すぐに来なさい、と。」

そういう有子の耳の底に、まだ、母の声がこびりついているようだった。そして、彼女自身の身体は、まるで、空に浮いているような思いだった。

「行きましょう、有子さん。僕が、その家まで、お送りしてあげます。いいでしょう、お母さん。」

「いいですとも。」

「すみません。」

「住所は、ここですから。」と、ママさんが、名刺を出した。

「大洋工業株式会社社長山本一太郎。」

それをみると、広岡の母が、おどろいたようにいった。

「まア、山本さんでしたの。」

「えッ、お母さんは、知ってたんですか。」

「お父さんのゴルフ友達ですよ。奥さまとも、私は、前に一度、お目にかかったことがあります。」

「これは、愉快だ。」

「そんなら、奥さまもごいっしょに行ってくださった方が、万事に好都合かもわかりませんね。」と、ママさんがいった。

「ええ、参りましょう。それに、こういうときって、みんなで、賑やかにしてあげた方が、かえって、いいかも知れませんしね。有子さん、かまいません？」

「お願いします。」と、有子は、頭を下げた。

有子は、誰も彼もに、こんなに親切にして貰っていいのだろうか、と思っていた。自分は、それほどの値打のある娘だろうか。が、一方、彼女の心は、すでに、母の方へ飛んでいた。そして、また、思った。

（病院の父が、このことを知ったら、どんなに、よろこんでくれるだろうか）

二

夜の町を、有子と広岡親子を乗せた自動車が走っていた。やがて、その自動車は、大きな門構えの邸宅の前に停まった。表札に「山本」と書いてあった。三人は、自動車から降りた。

広岡が、呼鈴を押した。

有子は、緊張のあまり、唇を噛み緊めるようにして立っていた。

（この家の中に、母がいるのだ！）

なにか、信じられぬような思いだった。同時に、母は、この家の使用人なのだ、ということも思わずにはいられなかった。本来なら、こんな表門からでなしに、通用門から入るべきところだろう。が、広岡親子のおかげで、表門から入って行ける自分の幸せを思わずにはいられなかった。恐らく、母にとっても、自分が一人でくるよりも、社会的にも地位のある広岡親子といっしょに来た方が、いくらか、肩身が広いのでなかろうか。しかし、そのことよりも、今の有子の希《ねが》いは、一刻も早く、母と二人っきりになることであり、その母の胸に、しがみつきたいことであった。

やがて、門の内側に跫音が聞えた。

「どなたさまでしょうか。」

若い女中らしい声であった。

「恐れ入りますが、奥さまに。こちらは、日東工業の広岡の家内でございます。」

門が、開かれた。

「どうぞ。」

「ちょっと、奥さまに、お玄関でお目にかからせていただきたいのですけど。」

女中は、三人を玄関に待たせて、奥へ姿を消した。やがて、小走りに姿を現わしたのは、山本夫人であった。

「まア、奥さま。」

「夜分に、突然に、お伺いしまして。」

「とんでもない。さア、どうぞ、お上りになって。」

「いえ、その前に、ここで、お話を……。実は、ここにいるのが、私の息子の良輔でして。」

「そうでございますか。山本の家内です。どうぞ、よろしく。」

「どうぞ、よろしく。」

「それから、こちらにいらっしゃるのは、息子が、以前から親しくして頂いている小野有子さん。」

「小野有子さん？」

山本夫人は、びっくりしたように有子を見た。有子は、丁寧に、頭を下げた。

「すると、そのお嬢さんが、さっき、うちの町子さんにお電話のあった？」

「そうなんですよ、奥さま。だから、あたしも、つき添いかたがた、ごいっしょにお伺いしたようなわけなんですけど。」

「まア、そうでしたか。」

山本夫人は、あらためて、有子を見直すようにして、

「じゃア、すぐ、町子さんを呼んで来ますわ。」と、行きかけた。

「あの、奥さま。もし、出来ましたら、二人っきりにして、会わせてあげてくださらないでしょうか。」

「ああ、そうでございますわね。」

山本夫人は、しばらく、考えるようにしていたが、

「いっそ、町子さんの部屋で、会っていただきましょうか。」

「その方が……。」

「では、有子さん、どうぞ。」

「はい。」

「奥さまたちは、ごゆっくりしてくださっていいんでしょう?」

「かまいません?」

「どうぞ、どうぞ。すぐ、応接室へご案内させますから。さア、有子さん、こちらですよ。」

山本夫人は、いたわるようにいって、有子の先に立った。長い廊下を歩きながら、

「よかったですねえ、有子さん。」

有子は、ここでも、山本夫人のやさしさに、涙ぐみたくなっていた。そして、このやさしさは、結局、母が、この家で、如何に大事がられているかを物語っているようで嬉しかった。やがて、山本夫人は、

「ここですよ。」

と、いってから、襖の内に向かって、

「町子さん。」

「はい。」

「有子さんが、いらっしゃいましたよ。」

中で、呼吸を飲むような気配がした。有子もまた、胸を騒がせていた。山本夫人は、

「お入りなさいね。」と、いって、あとは、気を利かしたように去って行った。

襖の内と外で、母と娘は、じいっとしていた。有子は、襖に手をかけかけては、た

めらっていた。母の声は、すでに、聞いた。こんどは、その顔を見ることが、恐ろしいような気がしているのであった。

「有子さん。」と、中から、母の声が聞えた。

有子は、思い切って、襖を開いた。六畳の小綺麗な部屋であった。そこに、母が、坐っていた。じいっと、有子を見上げている。その顔は、かねて、有子が頭の中で描いていたそれとは、違っていた。彼女は、もっと、若くて、美しい母の姿を描いていたのであった。しかし、そのひとを見たとき、有子は、まぎれもなく、このひとこそ自分の母なのだ、と直感した。美しくはなかったが、優しさに満ちていた。このひとをおいては、自分の母はないのだ、と思った。

有子は、そっと、襖を閉めると、母の前に坐った。

「お母さん、有子です。」と、有子は、いった。

「有子さん。」と、母は、いった。

母は、そのあと、言葉が出ないようであった。その眼は、すでに、濡れていた。それを見ると、有子は、もう、どうにも、我慢が出来なくなった。

「お母さん！」と、いうや、有子は、母の胸にしがみついて行った。

「会いたかったわ、会いたかったわ、お母さん。」

母もまた、有子をしっかり抱き緊めて、

「私だって、私だって、どんなに、会いたかったか知れないんだよ、有子。」

「お母さん、お母さん。」

「苦労をしたんだってねえ。ごめんよ、有子。お母さんが、いけなかったんだよ。」

「そんなこと……。でも、会いたかったわ。」

「私だって。だけど、会ってはならない、と、自分で、誓いをたてて……。」

有子は、自分の頰に落ちてくる母の涙を、そのときになって、はじめて、感じたのであった。

三

応接室には、山本、山本夫人、町子が世話をしてあげているというおばあさん、そして、広岡親子が集まっていた。

「そうでしたか。」と、山本がいった。「もし、僕の家の事情を、広岡さんに話しておいたら、もっと、早く、親娘対面が出来たわけですね。」

「ほんとうに。」と、山本夫人は、合槌を打って、「でも、町子さんは、うちでは、とても、よくしてくれるんですよ。今では、もう、うちの者も同然にしているようなわけで。ねえ、おばあさん。」

「そうですとも。あんなに陰日向なく働いてくれる人って、めったに、ありません。」

おばあさんは、すっかり、町子が、気に入っているようだ。

「それにしても、町子の娘が、日興電機の小野氏の娘になるとは、知らなかったなア。」

「あなた。」と、山本夫人がいった。

「何んだね。」

「まさか、あなたにも、どっかに、あんな娘がいるわけではないでしょうね。」

「冗談じゃアない。」と、山本は、苦笑して、「どうだろう？　僕も、その娘を一眼見ないことには、なんともいえないが、もし、いい娘だったら、うちへ引き取ってやったら？　そうしたら、いつでも、母と娘は、いっしょにいられるんだし、おばあさんも、今のままで町子に世話がして貰えて、安心でしょう？」

「ええ、私は、町子さんがいないと、困りますから。」

「私は、反対しませんよ。だけど、そんなこと、小野さんが、お許しになるでしょうか。」

「しかし、今更、その娘を、小野家へ戻すわけにもゆくまい。娘だって、嫌だ、というだろう。だから、僕から、小野氏に話してもいい。」

「実は。」と、広岡の母がいった。

「この良輔が、ぜひ、有子さんと結婚したい、といってるんです。」

「ほう。」

山本は、広岡を眺めて、微笑を浮かべながら、

「すると、もう、二人の間に、約束が出来ているんですか。」

「いえ。」と、広岡は、あかくなりながら、「まだ、そこまでは、行っていないんですが、僕としては、その可能性があるような気がしているんです。」

その広岡の卒直ない い方が、山本に好感を誘ったようであった。

そのとき、ノックの音が聞えて、町子と有子が入って来た。二人の眼は、泣きはらしたように、赤くなっていた。しかし、二人の顔は、幸せに溢れていた。

「やア、おめでとう。」と、山本が、真ッ先にいった。

その他の人人も、口口に、おめでとう、といった。

「ありがとうございます。これも、みんな、皆さまのお陰です。」

町子は、もう、涙ぐんでいた。

有子は、黙って、頭を下げた。そして、広岡の視線に気づくと、それに応えるように、瞳の奥で、嬉しそうに笑ってみせた。あらためて、町子に、広岡親子が紹介された。

「まア、お坐り。」と、山本が、二人にいってから、

「町子さん、今も、みんなで、これからのことを相談していたんだけどねえ。」

「はい。」

「おばあさんは、どうしても、町子さんといっしょにいたい、というんだよ。」

「それは、私も、ぜひ、そうさして頂きたいと思って居ります。」

「そうなると、有子さんだが、どうだろう、いっそ、この家に、いっしょに住んだら？」

「そんなわがまま、許してくださるでしょうか。」

「いや、こちらからお願いしているんだよ。」

「あたし、もし、母といっしょにいられるんなら、どんなことでもいたしますわ。」

「どんなことでもって、別に、女中の真似をして貰いたいといってるんじゃアないよ。まア、有子さんも、そのうちには、結婚をするだろうし、それまで、僕の会社へ勤めに出てもいいし、とも思っている。広岡君、あなたの意見は、どうです？」

「僕は、結構です。ただし。」

「ただし？」

「僕が、ときどき、この家へ遊びにくることを、お許し下さい。そして、有子さんが、僕の家へ遊びにいらっしゃることも。ねえ、お母さん。」

「それは、私からも、お願いしたいと思っています。有子さんのお母さま、如何でしょうか。」

町子は、有子を見た。そして、そのときの有子の顔色から、

（ああ、この娘は、広岡さんを好きなのだ）

と、直感した。

せっかく、会うことの出来た娘は、すでに、人を愛しはじめているのだ。

町子は、ふっと、淋しさを感じた。しかし、すぐに、これでいいのだ、と思い直した。自分の若い日の過失を、この娘には、絶対に繰返させたくない。そういう意味からも、広岡は、理想的な男性のようだ。寧ろ、それは、娘のために、祝福してやるべきことなのだ、と思い直した。

「私は、有子さえよかったら。」

「じゃア、問題ない筈だ、ねえ、有子さん。」と、山本がいった。

「はい。」と、有子は、羞にかみながら答えた。

「ところで、小野氏の方だが、町子さんは、会いに行きますか。」

町子は、頭を横に振って、

「さっきも、有子と話をしたのですが、私は、会わない方がいい、と。いいえ、会ってはならないひとだ、と思っております。これ以上、向こう様のご家庭に迷惑をかけてはいけないと……。」

「偉いよ、町子さん。それで、いいのだよ。」と、山本は、感心したようにいって、

「じゃア、これで、話は、きまった。小野氏との交渉は、僕がするとして、今夜は、親と娘で、蒲団を並べて寝なさい。いろいろと、つもる話もあるでしょうから。」

「でも……。」と、有子がいった。

「どうしたのかね、有子さん。」

「家には、おじいさんが、待っていられるんです。」

「それでしたら、僕は、今夜、おじいさんに連絡しておいてあげます。だから、せっかく、ああいってくださるんですし、ここで、お母さんといっしょに、おやすみなさい。」と、広岡が熱心にいった。

有子は、はい、と答えながら、もし、自分が、この家で、母といっしょに暮すようになったら、おじいさんは、結局、青山の家へ帰らなければならないだろう、と思った。そうなると、いちばん、可哀そうなのは、おじいさんということになる。

(いいわ、こんど、病院へ行ったら、お父さんに、おじいさんのことを、よく、頼んでおこう。そして、ときどき、この家へも、遊びに来て貰ったらいいのだわ)

有子は、そう思うことによって、やっと、今夜、この家で、母といっしょに寝る決心がついた。

四

　その翌翌日、山本家のおばあさんは、有子の出現によって、いったんは延期した伊豆の別荘行きをあらためて、実行することになった。そして、一週間ばかり、有子も、いっしょに行って来たら、といわれた。もちろん、有子にとっては、願ってもない幸いであった。

　東京駅のプラット・ホームに、広岡が、見送りに来ていた。

　彼は、窓から顔を出している有子に、

「二見君にも、電話で知らせたんですよ。とても、よろこんでいました。が、会社の都合で、どうしても見送りに行けないから、あしからず、といってました。」

　有子は、二見に送って貰おうとは思っていなかった。ただ、彼の部屋に残されている未完成の自画像が、心に引っかかっていた。なんだか、これっきりで、二見の部屋をおとずれることがないような気がする。とすれば、あの画は、永遠に未完成のままで、二見の許に残ることになる。有子は、二見の心の中を、察していないわけではなかった。しかも、画が未完成のままで終る、ということは、即ち、二人の関係もまた、そのようにして終ることを象徴しているように思われるのであった。

「こんどの日曜日に。」と、広岡がいった。

「ひょっとしたら、僕も、伊豆へ行くかも知れませんよ。」

「どうぞ。」

「そのとき、プレゼントを持って行きます。なんだか、わかりますか。」

「さア……。」

有子は、顔を傾けた。

「靴ですよ。」

「えッ？」

「あなたから預かっている靴ですよ。僕は、あれを、大事にしまっています。今日まで、わざと、忘れたような顔をしていましたが、実は、そのチャンスを待っていたのです。が、今こそ、そのチャンスが来たような気がしているんです。」

有子は、かつて、あの靴を、広岡から受け取るときは、即ち、彼の愛情を受け入れるときだ、と思ったことがある。あるいは、広岡もまた、そのように、思っていたのであろうか。有子は、今こそ、広岡の眼の奥を、安心して、そして、欣びをもって、見つめることが出来た。広岡は、それに応えるように、有子の瞳の奥を覗き込んだ。この瞬間、二人は、二人だけの世界にいて、母のことも、おばあさんのことも、忘れているようであった。しかし、おばあさんも、町子も、そんな二人を、微笑みながら見ていた。

汽車は、動き出した。

「広岡さんて、いいお方なのね。」と、母がいった。

「ええ。」

有子は、そう答えておいてから、なんとなく、両眼を閉じた。昨日、父を見舞ったときのことを思い出していたのである。

「そうか、町子は、わしに、会わない方がいい、といっていたのか。」

父は、そのあと、長い間、黙っていたが、

「そうだよ。わしは、間違っていた。町子のいう通りだな。」と、しみじみ、いったのである。

更に、父は、おじいさんのことは、心配するな、といってくれた。

有子は、また、あの田舎の町の岡の上で、青空に向かって、

「お母さーん、お母さーん、有子のお母さーん。」と、大声でいったときのことを思い出さずにはいられなかった。

そして、あのときから今日までのことが、まるで、走馬燈のように思い出されてくるのであった。辛いことが、あまりにも、多かった。しかし、結局、自分は、幸せであった、と思わずにはいられないのである。それも、いつも、雲の彼方に青空のあることを信じていたからであろうか。有子の人生は、これで終ったのでは、決して、な

いのだ。これから、更に、永い人生がはじまるのだ。が、一生、青空を、雲の彼方に青空のあることを信じて生きて行こう。有子は、あらためて、そう自分に誓った。有子は、ふと、眼を開いた。海が見えた。そして、澄み切った青空が——。

「ああ、青空だわ。」

有子は、海よりも、その青空を、いつまでも、飽かずに、見つめていた。

忘れられた、この愛しき作家

山内マリコ

源氏鶏太という不思議な名前を知ったのは、二〇〇九年のこと。出会いは本屋さんの棚……ではなく、もう潰れてしまった吉祥寺のレンタルビデオ屋だった。黒澤明や小津安二郎の作品が華々しくひしめく古い日本映画の棚のいちばん下に、増村保造という監督の作品がＶＨＳで揃っていて、そこに『青空娘』が、ひっそり並んでいた。映画『青空娘』は、のちに名作を連発する増村保造監督と大映の看板女優若尾文子の、記念すべき初コンビ作である。そんな知識もないまま借り、とるものもとりあえずデッキに入れて観るや、すぐさま心を摑まれた。青空娘こと小野有子を演じる若尾文子の、文字通り青空のように澄み切った朗らかさ。若き映画監督の才気溢れるスピーディーな演出。古典的なはずのストーリーはむしろ新しく、画面に映り込んだ昭和三〇年代の東京は、そこはかとなく外国の匂いが漂う。自分が生まれるはるか昔に、こんなにも軽やかでキュートな映画が作られていたのかと度肝を抜かれた。新たな鉱脈を発見して夢中になり、そのうちビデオでは飽き足らなくなって、名画座へ足を運ぶようになった。

ちょうどそのころ東京では、名画座が盛り上がりをみせていた。作品によっては平日の昼間でも満席という激アツぶり。黄金期の日本映画は質量ともに凄まじく、月替りの特集上映のチラシには、面白そうなタイトルがずらりと並ぶ。レンタルビデオ屋の棚にあったのは氷山のごくごく一角で、一生かかっても観きれないほど大量のフィルムが眠っていたのだ。

告白するとそのころわたしは、ろくに働きもせず、それこそジャンキーのように各名画座のチラシを血眼でチェックしては、せっせと通う日々を送っていた。もともと映画は好きだったけど、新作より昔の映画の方が俄然しっくりきた。なぜだろうと振り返ると、二〇〇〇年代にヒットした映画の多くが、陰鬱で暴力的なことに気づく。もちろんそういう映画が好きな人は多いけど、全然ついて行けなかった。誰もがこぞって絶賛する『ダークナイト』も、良さがさっぱりわからない。それに新世紀がはじまって十年が経とうとしているのに、まだ九〇年代の空気の延長にいるようで、息も詰まった。

そんなときに観た昭和三〇年代の映画たちは、新鮮な輝きを放っていた。敗戦から立ち直り、お楽しみはこれからだとばかりに元気いっぱい。年配の人はいたわられ、若い人はカラリと陽気、子供は生意気で（そしてことあるごとに「生意気言うな」と叱られている）、大人はちゃんと大人。家族はまだ破綻しておらず、社会も安泰。たとえ貧乏であっても、そこから抜け出せる希望は大いにある。若い娘の選択肢は結婚オンリーで窮屈といえば窮屈だが、身内が面倒を見ていい人を紹介してくれるから、自力で婚活する必要もない。もちろん当時は当時でたくさん問題もあったんだろうけど、ある種成熟し、どこかファンタジーめいたその世界が、わたしにはなんだか眩しかった。そうして名画座に通い詰めるうちに、気に入った何本かの作品――『最高殊勲夫人』『見事な娘』『堂堂たる人生』『家庭の事情』等々――のオープニングクレジットに、頻繁に「原作・源氏鶏太」の名を見かけるようになったのだった。

源氏鶏太は昭和を代表する流行作家の一人として、ある年代までには馴染みがあるようだ。自伝『わが文壇的自叙伝』によると、昭和五十年の時点で、長編小説を約九十冊、短編小説集を三十五冊（約三百編）、随筆集を十八冊も刊行している。さらに、昭和三十五年の文壇長者番付では、松本清張に次ぐ二位というから、めちゃくちゃ有名な作家だったわけだ。

ところが流行の性で、いまやすっかりその存在は忘れ去られてしまっている。実は源氏鶏太は富山市出身で、同郷の大先輩にあたるのだが、地元に直木賞をとった作家がいたことはあまり語り継がれておらず、わたしも全然知らなかった。

そういう未来を本人も予想していたのか、自叙伝の中で流行作家の宿命について、こんなふうに切なく語っている。

「ときどき私は、自分の作品で死後読まれる作品があるだろうか、と思ったりすることがある。（中略）まして、死んでしまえばそれまでであろう。それが大方の大衆小説作家の運命とわかっていて、ちょっと寂しい気がすることがある。」

ちなみに、（中略）とさせてもらった部分には、こんな記述があった。

「幸いにして今の私は、初期の短篇小説から長篇小説まで、いろいろの版になって、とにかく動いている。その印税が入ってくるので大いにたすかっている。自分でも運がいい方だし、作家冥利につきることだとも思っている。しかし、それだって私が生きていて、とにもかくにも作家活動を続けているからに違いないのである。」

謙虚さはもとより、重版の事情や金銭面での正直な感慨まで書かれているので、思わず笑ってしまった。けれどこういう何気ないところに、この作家の人となりが表れているようだ。

源氏鶏太は一九一二年（明治四十五年）富山市生まれ。父は売薬配置員、七人きょうだいの末っ子で、物心ついたころから母と二人暮らしだったという。父からの送金は滞りがちで生活は苦しく、一九三〇年（昭和五年）に富山商業学校を卒業すると、大阪の住友合資会社に働きに出ている。同じ大阪にいた十歳年上の長兄は文学好きで、新聞や雑誌に投稿した小説が入選し、その懸賞金でレストランでごちそうしてくれたことがあった。「そうなると自分もという気になって」「会社から寮に帰ると、毎日小説を書くように」なり、そして一九三四年（昭和九年）、二十二歳のときに「報知新聞」のユウモア小説募集に『村の代表選手』が入選、翌年には当時最も権威があり、大衆文壇への登竜門だったという「サンデー毎日大衆文芸」に『あすも青空』が佳作入選している。そのころは職業作家になるつもりはなく、定年までサラリーマンとして勤め上げる覚悟で、小説は趣味と実益（懸賞金！）を兼ねて書いていたようだ。やがて時代は戦争へ突入、一九四四年（昭和十九年）には海軍に召集されている。

終戦後、住友本社で財務整理に当たる中、再び小説を書きはじめる。戦後のインフレは凄まじかったようで、「会社の月給だけではどうにもやっていけず、懸賞金を貰うことを考えたからでもあった」と、これまた正直に書いてあった。文学的野心がどうこうという、大上段に構えたような話は一切出てこないのがいっそすがすがしい。サラリーマン生活を送りながら睡眠時間を削って投稿をつづけ、一九四六年（昭和二十一年）、『たばこ娘』が「オール讀物」に採用される。原稿料は六百二十五円。当時の月給より多かったようで、「その高額なのに狂喜した」とある。そして一九四八年（昭和二十三年）、「大阪新聞」にて『女炎すべなし』（のちに『火の誘惑』に改題）を連載し、これが初の単行本として出版されている。このとき三十六歳。そして一九五一年（昭和二十六年）、『英語屋さん』で直木賞を受賞。ちょうどそのタイミングで「サンデー毎日」に連載していた『三等重役』が大当たりして、流行語にもなっている。以降はサラリーマン小説の第一人者として、数多くの作品が映画化される大流行作家となっていった。

さて、この『青空娘』は、一九五六年（昭和三十一年）七月から翌年の十一月まで、雑誌「明星」に連載されていた作品である。当時はアイドル雑誌というより、若手スターが表紙を飾る、十代向けの映画雑誌という雰囲気だったと思われ、小説の内容も読者層にぴたりと寄せている。高校を出たばかりのヒロイン小野有子が、瀬戸内海を臨む街から東京へやって来て、継母やきょうだいたちに手ひどくいじめられながらも、本当の母を探して孤軍奮闘、苦労に次ぐ苦労の日々が、実にまっすぐに描かれる。あらすじは児童文学っぽくもあり、またどことなくシンデレラの物語が下敷きにあるように思えた。本当は重役のお嬢さんなのに、意地悪な継母によって女中部屋に押し込められるくだりはもちろん、父親に買ってもらった靴はガラスの靴を彷彿させるし、そうなると広岡と出会ったピンポン大会は、さしずめ舞踏会……という感じで、ディテールが昭和サイズにスケールダウンされているところが妙に可愛い。では、魔法使いの不思議な力に相当するものはなにかと言うと、青空ということになる。正確には、青空を見て励まされたり、元気をもらったりすることのできる、素直でまっすぐで、清い心だろう。

　この、いまでは考えられないような王道の乙女ぶりは、全体に漂う少女小説の趣きのせいもあるし、執筆時四十代半ばだった源氏鶏太が、若い女性にはこうあってほしいと願いを込めて、理想像を書いたゆえ、ともとれる。けれどわたしはこのヒロインの、芯の強さと正直さがなんだか、自叙伝の端々から感じられた源氏鶏太その人の、ちょっと無骨でまったく裏表のない実直さに、重なる気がして仕方ないのだった。

『わが文壇的自叙伝』は、作家としての半生を振り返る前に、「わが故郷、わが家族」と題された章が収録されている。源氏鶏太の故郷である富山市は、一九四五年（昭和二十年）八月一日の大空襲で壊滅的な打撃を受けている。それゆえ戦前の資料が少なく、戦争で失われる前の街の様子や人々の暮らしぶりが伝わる貴重な文章なのだが、同時に「私は、長い間、富山県を三流県のように思い込んでいた」というぶっちゃけた感慨も語られているのだった。さすがに三流まではいかずとも、わたしも地元を「イケてない」とは大いに認識していて、そこに生を受けた事実を一体どう思えばいいのか、悩ましい気持ちはいやというほど味わった。生まれ育った街に立派な文化や歴史、つまりブランド的価値があれば、そこにアイデンティティーを仮託することは容易だけれど、そうでない場合は、けっこうツラいものなのだ。

源氏鶏太の郷土愛は、若くして故郷をはなれたことでいや増していったようだ。同郷人の特色を、北陸の風土の影響で「引っ込み思案」「明朗さに欠けている」と言う一方、こうも書いている。「私自身、極めて泥くさい人間であることを知っているし、それが富山県人の特性であると信じている。ただし、あえて弁明すれば、泥くさいということは、軽薄ではないということでもある。」

その、人間が軽薄でない感じは、なんだかすごくわかる。生真面目で、固くて、遊ぶのはちょっと下手。これは予想だけれど、源氏鶏太は十八歳で出た大阪に、あんまり馴染めなかったんじゃないか。大阪人のノリにうまく合わせられずオタオタする様子が、目に浮かぶ気がする。そしてそういう、やっぱりちょっとイケてない部分に、シンパシーと好意を抱かずにはいられないのだった。

ちなみにサラリーマン時代はずっと経理だったそうで、『青空娘』に限らず小説の中に登場人物の月給や懐具合をきっちり書き、その金額に見合った行動しかさせられないと吐露しているが、それもなんだか微笑ましい。人を威圧する、裃《かみしも》をつけたような文豪とはまるで違う。まさに「大衆小説」の書き手らしい逸話である。

「自分の小説は、味で読んで貰う小説だと考えている。自分で文章がうまいとは思っていない。ストーリイの組立が人より優れているとも思っていない。しかし私の小説には、私だけのムードが漂うている筈だと思っている。私は、小説を書いていて、この私だけのムードが出ていると感じたときには、その小説は、成功したと思っている。」

そんなわけで、至るところに源氏鶏太の味の沁み出したこの小説は、まごうことなき成功作であるし、わたしはこういう人が「味」で書いた小説が売れに売れていた時代を、とても好ましく思う。いい時代だったんだなぁと羨望し、永遠に憧憬する。時代が非情に移り変わり、多くが絶版となって、長らく書店ではお目にかかれなかった源氏鶏太の小説。かつての愛読者は再会を果たし、またこの一冊がはじめての出会いとなる人も多いはずだ。懐かしさと新しさが入り混じったこの作家の復刊は、たくさんの人に、さまざまな喜びを運んでくれるに違いない。

（やまうち・まりこ　作家）

・本書『青空娘』は一九五六年七月から一九五七年十一月まで「明星」に連載され、一九六六年五月に講談社より刊行されました。
・文庫化にあたり『源氏鶏太全集』第八巻（講談社一九六六年）を底本としました。
・本書のなかには、今日の人権感覚に照らして差別的ととられかねない箇所がありますが、作者が差別の助長を意図したのではなく、故人であること、執筆当時の時代背景を考え、該当箇所の削除や書き換えは行わず、原文のままとしました。

コーヒーと恋愛　獅子文六

恋愛は甘くてほろ苦い。とある男女が巻き起こす恋模様をコミカルに描く昭和の傑作が、現代の「東京」によみがえる。（曽我部恵一）

てんやわんや　獅子文六

戦後のどさくさに慌てふためくお人好し犬丸順吉は社長の特命で四国へ身を隠すが、そこは想像もつかない楽園だった。しかしそこは……。（平松洋子）

娘と私　獅子文六

文豪、獅子文六が作家としても人間としても激動の時間を過ごした昭和初期から戦後、愛娘の成長とともに自身の半生を描いた亡き妻に捧げる自伝小説。

七時間半　獅子文六

東京―大阪間が七時間半かかっていた昭和30年代、特急「ちどり」を舞台に乗務員とお客たちのドタバタ劇を描く隠れた名作が遂に甦る。（千野帽子）

悦ちゃん　獅子文六

ちょっぴりおませな女の子、悦ちゃんがのんびり屋の父親の再婚話をめぐって東京中を奔走するユーモアと愛情に満ちた物語。初期の代表作。（窪美澄）

命売ります　三島由紀夫

自殺に失敗し、「命売ります。お好きな目的にお使い下さい」という突飛な広告を出した男のもとに、現われたのは？（種村季弘）

三島由紀夫レター教室　三島由紀夫

五人の登場人物が巻き起こす様々な出来事を手紙で綴る。恋の告白・借金の申し込み・見舞状等、一風変ったユニークな文例集。（群ようこ）

肉体の学校　三島由紀夫

裕福な生活を謳歌している三人の離婚成金。〝年増園〟の例会はもっぱら男の品定め。そんな一人がニヒルで美形のゲイ・ボーイに惚れこみ……。（群ようこ）

新恋愛講座　三島由紀夫

恋愛とは？　西洋との比較から具体的な技巧まで懇切丁寧に説いた表題作、「おわりの美学」「若きサムライのために」を収める。（田中美代子）

恋の都　三島由紀夫

敗戦の失意で切腹したはずの恋人が思いもよらない姿で眼の前に。復興著しい、華やかな世界を舞台に繰り広げられる恋愛模様。（千野帽子）

私の「漱石」と「龍之介」　内田百閒
師・漱石を敬愛してやまない百閒が、おりにふれて綴った師の行動と面影とエピソード。さらに同門の友、芥川との交遊を収める。（武藤康史）

冥途――内田百閒集成3　内田百閒
無気味なようで、可笑しいようで、怖いようで。曖昧な夢の世界を精緻な言葉で描く、「冥途」「旅順入城式」など33篇の小説。（多和田葉子）

美食倶楽部 谷崎潤一郎大正作品集　種村季弘編
表題作をはじめ耽美と猟奇、幻想と狂気……官能的な文体によるミステリアスなストーリーの数々。大正期谷崎文学の初の文庫化。種村季弘編で贈る。

秀吉はいつ知ったか　山田風太郎
中国大返しに潜む秀吉の情報網と権謀を推理する「秀吉はいつ知ったか」他「歴史」をテーマにした文章を中心に選んだ奇想の裏側が窺えるエッセイ集。

昭和前期の青春　山田風太郎
名著『戦中派不戦日記』の著者が、その生い立ちと青春を時代背景と共につづる。「太平洋戦争私観」「私と昭和」等、著者の原点がわかるエッセイ集。

深沢七郎の滅亡対談　深沢七郎
自然と文学（井伏鱒二）、「思想のない小説」論議（大江健三郎）、ヤッパリ似た者同士（山下清）他、人間滅亡教祖の終末問答19篇。（小沢信男）

落穂拾い・犬の生活　小山清
明治の匂いの残る浅草に育ち、純粋無比の作品を遺して短い生涯を終えた小山清。いまなお新しい、清らかな祈りのような作品集。（三上延）

小説 永井荷風　小島政二郎
荷風を熱愛し、「十のうち九までは礼讃の誠を連ねた中に、ホンの一つ」批判を加えたことで終生の恨みをかってしまった作家の傑作評伝。（加藤典洋）

禁酒宣言　上林暁 坪内祐三編
宿酔と悔恨を何度くり返しても止められぬ酒……。女将の優しい一言への勘ちがい……。私小説作家の凄絶で滑稽な酒呑み小説集。

方丈記私記　堀田善衞
中世の酷薄な世相を覚めた眼で見続けた鴨長明。その人間像を自己の戦争体験に照らして語りつつ現代日本文化の深層をつく。巻末対談＝五木寛之

ぼくは散歩と雑学がすき　植草甚一

1970年、遠かったアメリカ。その風俗、映画、本、音楽から政治までをフレッシュな感性と膨大な知識、貪欲な好奇心で描き出す代表エッセイ集。

いつも夢中になったり飽きてしまったり　植草甚一

男子の憧れJ・J氏。欧米の小説やジャズ、ロックへの造詣、ニューヨークや東京の街歩き。今なお新鮮さを失わない感性で綴られる入門書的エッセイ集。

こんなコラムばかり新聞や雑誌に書いていた　植草甚一

ヴィレッジ・ヴォイスから筒井康隆まで夜を徹して読書三昧。大評判だった中間小説研究も収録したJ・J式ブックガイドで「本の読み方」を大公開！

超発明　真鍋博

昭和を代表する天才イラストレーターが、唯一無二のSF的想像力と未来的発想で〝夢のような発明品〟129例を描き出す幻の作品集。（川田十夢）

真鍋博のプラネタリウム　真鍋博　星新一

名コンビ真鍋博と星新一。二人の最初の作品『おーい　でてこーい』他、星作品に描かれた挿絵と小説冒頭をまとめた幻の作品集。（真鍋真）

快楽としての読書　日本篇　丸谷才一

読めば書店に走りたくなる最高の読書案内。小説からエッセー、詩歌、批評まで、丸谷書評の精髄を集めた魅惑の20世紀図書館。（湯川豊）

快楽としての読書　海外篇　丸谷才一

ホメロスからマルケス、クンデラ、カズオ・イシグロ、そしてチャンドラーまで、古今の海外作品を熱烈に推薦する20世紀図書館第二弾。（鹿島茂）

快楽としてのミステリー　丸谷才一

ホームズ、007、マーロウ——探偵小説を愛読して半世紀、その楽しみを文芸批評とゴシップを駆使して自在に語る、文庫オリジナル。（三浦雅士）

雨の日はソファで散歩　種村季弘

雨が降っている。外に出るのが億劫だ……稀代のエンサイクロペディストが死の予感を抱きつつ綴った文章を自ら編んだ最後のエッセイ集。

問答有用　徳川夢声対談集　徳川夢声　阿川佐和子編

話しを引き出す名人相手に、吉田茂、湯川秀樹、志賀直哉、山下清、花森安治、松本清張、藤田嗣治ら20名が語った本音とは？（阿川佐和子）

銀座旅日記　常盤新平

馴染みの喫茶店で珈琲と読書をたのしみ、黄昏の酒場に人生の哀歓をみる。散歩と下町が大好きな新平さんの風まかせ銀座旅歩き。文庫オリジナル。

土屋耕一のガラクタ箱　土屋耕一

広告の作り方から回文や俳句まで、「ことば」を操り、瑞々しい世界を見せるコピーライター土屋耕一のエッセンスが凝縮された一冊。（松家仁之）

日本美術応援団　赤瀬川原平　山下裕二

雪舟の「天橋立図」凄いけどどこかヘン⁉ 光琳にはなくて宗達にはある〝乱暴力〟とは？ 教養主義にとらわれない大胆不敵な美術鑑賞法‼

超芸術トマソン　赤瀬川原平

都市にトマソンという幽霊が！ 街歩きに新しい楽しみを、表現世界に新しい衝撃を与えた超芸術トマソンの全貌。新発見珍物件増補。（藤森照信）

路上観察学入門　赤瀬川原平／藤森照信／南伸坊編

マンホール、煙突、看板、貼り紙……路上から観察できる森羅万象を対象に、街の隠された表情を読みとる方法を伝授する。（とり・みき）

東京ミキサー計画　赤瀬川原平

延び、からみつく紐、梱包された椅子、手描き千円札、増殖し続ける洗濯バサミ……。ハイレッド・センター三人の芸術行動の記録。（南伸坊）

ぼくなりの遊び方、行き方　横尾忠則

日本を代表する美術家の自伝。登場する人物、起こる出来事その全てが日本のカルチャー史！ 壮大な物語はあらゆるフィクションを超える。（川村元気）

見えるものと観えないもの　横尾忠則

アートは異界への扉だ！ 吉本ばなな、島田雅彦から黒澤明、淀川長治まで、現代を代表する十一人との、この世ならぬ超絶対談集。（和田誠）

芸術ウソつかない　横尾忠則

横尾忠則が、表現の最先端を走る15人と、芸術の源泉、深淵について、語り合い、ときに聞き手となって尋ねる魂の会話集。（戌井昭人）

青春と変態　会田誠

著者の芸術活動の最初期にあり、高校生男子の暴発するエネルギーを、日記形式の独白調で綴る変態的青春小説もしくは青春的変態小説。（松蔭浩之）

星間商事株式会社社史編纂室　三浦しをん

二九歳「腐女子」川田幸代、社史編纂室所属。恋の行方も友情の行方も五里霧中。仲間と共に「同人誌」を武器に社の秘められた過去に挑む!?（金田淳子）

虹色と幸運　柴崎友香

珠子、かおり、夏美。三〇代になった三人が、人に会い、おしゃべりし、いろいろ思う一年間。移りゆく季節の中で、日常の細部が輝く傑作。（江南亜美子）

通天閣　西加奈子

このしょーもない世の中に、救いようのない人生に、ちょっぴり暖かい灯を点す驚きと感動の物語。第24回織田作之助賞大賞受賞作。（津村記久子）

この話、続けてもいいですか。　西加奈子

ミッキーこと西加奈子の目を通すと世界はワクワク、ドキドキ輝く。いろんな人、出来事、体験がてんこ盛りの豪華エッセイ集！（中島たい子）

私小説 from left to right　水村美苗

12歳で渡米し滞在20年目を迎えた「美苗」。アメリカにも溶け込めず、今の日本にも違和感を覚え……。本邦初の横書きバイリンガル小説。

続明暗　水村美苗

もし、あの『明暗』が書き継がれていたとしたら……。漱石の文体そのままに、気鋭の作家が挑んだ話題作。第41回芸術選奨文部大臣新人賞受賞。

ラピスラズリ　山尾悠子

言葉の海が紡ぎだす、〈冬眠者〉と人形と、春の目覚めの物語。不世出の幻想小説家が20年の沈黙を破り発表した連作長篇。補筆改訂版。（千野帽子）

増補 夢の遠近法　山尾悠子

「誰かが私に言ったのだ／世界は言葉でできていると」。誰も夢見たことのない世界が、ここではじめて言葉になった。新たに二篇を加えた増補決定版。

君は永遠にそいつらより若い　津村記久子

22歳処女。いや「女の童貞」と呼んでほしい——。日常の底に潜むうっすらとした悪意を独特の筆致で描く。第21回太宰治賞受賞作。（松浦理英子）

アレグリアとは仕事はできない　津村記久子

彼女はどうしようもない性悪だった。すぐ休み単純労働をバカにし男性社員に媚を売る。大型コピー機とミノベとの仁義なき戦い！（千野帽子）

こちらあみ子　今村夏子

あみ子の純粋な行動が周囲の人々を否応なく変えていく。第26回太宰治賞、第24回三島由紀夫賞受賞作。書き下ろし「チズさん」収録。（町田康／穂村弘）

さようなら、オレンジ　岩城けい

オーストラリアに流れ着いた難民サリマ。言葉も不自由な彼女が、新しい生活を切り拓いてゆく。第29回太宰治賞受賞・第150回芥川賞候補作。（小野正嗣）

つむじ風食堂の夜　吉田篤弘

それは、笑いのこぼれる夜。――食堂は、十字路の角にぽつんとひとつ灯をともしていた。クラフト・エヴィング商會の物語作家による長篇小説。

ないもの、あります　クラフト・エヴィング商會

堪忍袋の緒、舌鼓、大風呂敷……よく耳にするが、一度として現物を見たことがない物たちを取り寄せてお届けする。文庫化にあたり新商品を追加。

図書館の神様　瀬尾まいこ

赴任した高校で思いがけず文芸部顧問になってしまった清（きよ）。そこでの出会いが、その後の人生を変えてゆく。鮮やかな青春小説。（山本幸久）

話虫干　小路幸也

夏目漱石「こころ」の内容が書き変えられた！　それは話虫の仕業。新人図書館員が話の世界に入り込み、「こころ」をもとの世界に戻そうとするが……。

ピスタチオ　梨木香歩

棚（たな）がアフリカを訪れたのは本当に偶然だったのか。不思議な出来事の連鎖から、水と生命の壮大な物語「ピスタチオ」が生まれる。（管啓次郎）

とりつくしま　東直子

死んだ人に「とりつくしま係」が言う。モノになってこの世に戻れますよ。妻は夫のカップに弟子は先生の扇子になった。連作短篇集。（大竹昭子）

パパは今日、運動会　山本幸久

カキツバタ文具の社内運動会。ぶつぶつ言っていた面々も仕事仲間の新たな一面を垣間見て……。もっとがんばれる。そう思える会社小説。（津村記久子）

いい子は家で　青木淳悟

母、兄、父、家事、間取り、はては玄関の鍵の仕組みまで、徹底的に「家」を描いた驚異の「新・家族小説」。一篇を増補して待望の文庫化。（豊﨑由美）

ちくま文庫

青空娘《あおぞらむすめ》

二〇一六年二月十日　第一刷発行

著者　源氏鶏太（げんじ・けいた）

発行者　山野浩一
発行所　株式会社　筑摩書房
東京都台東区蔵前二―五―三　〒一一一―八七五五
振替〇〇一六〇―八―四一二三
装幀者　安野光雅
印刷所　中央精版印刷株式会社
製本所　中央精版印刷株式会社

ISBN978-4-480-43323-7 C0193